Ciao bella,
La vie l'emportera

Mélinda Schilge

Dépôt légal : 2019

Un mauvais rêve

L'urgence surgit : il fallait lui téléphoner.

Coupable.

Où se cachait ce fichu numéro ? Son esprit éparpillé cherchait dans sa mémoire. Il aurait dû l'appeler depuis tellement longtemps. *Le château de...* Il ne se souvenait même plus de son lieu de résidence.

Il brassait d'une main. Les feuilles s'envolaient dans un tourbillon. Toute sa paperasse.

Le bout de papier devait se trouver dans sa mallette de carton-pâte, celle qu'il prenait pour se rendre chez elle, autrefois. Un des renforcements d'angle avait sauté avec le temps. La note aurait dû être là, jaune.

Coupable.

Une photo effectuait un looping avant de rejoindre ses congénères : l'image de Rose et Justin, ses parents, se déposait lentement à ses pieds. Ses bords ciselés provenaient d'une époque révolue, d'un temps où les excentricités d'Emma animaient les conversations.

Pourquoi ne parlait-on plus d'elle ? Comment se faisait-il qu'il y eût un tel silence ?

Benjamin se réveilla en sursaut au bruit d'une sonnerie

insistante. Il s'assit, tremblant, haletant. La sueur trempait son tee-shirt. Il comprit brutalement pourquoi il ne savait plus où elle habitait, Emma, sa tante : afin de chasser ce rêve, il dut se répéter mentalement qu'elle était morte. Morte. *Depuis deux ans.*

Le répondeur s'activa ; il ne chercha pas à intercepter le message, bien que la voix lui fût familière.

— Alors, content de rentrer chez toi ? Rappelle-moi, c'est Mario !

Ses yeux tombèrent sur la lettre restée sur son bureau. Le tampon stylisé de Prabès l'avait dissuadé d'ouvrir l'enveloppe. Il se leva en chancelant : il voyait le sourire de celle qui l'avait sorti de la médiocrité, les plissements de ses yeux ; il ressentait le manque, immense, qu'il lui fallait combler, à tout prix. Il s'appuya un instant sur sa chaise, en fixant son regard sur une étoile de shérif authentique qui trônait entre des cartes postales disparates. Puis il se dirigea vers un miroir artisanal en forme de soleil. Malgré la lumière jaune de la lampe de chevet, son teint lui parut crayeux. Son nez grec ne s'harmonisait plus avec ses lèvres pulpeuses séchées par ses halètements. Il lui sembla que ses cheveux laissaient le champ libre aux rides rectilignes de son front. Alors, il ouvrit la fenêtre en grand après avoir poussé les volets. La vague fraîche qu'il recevait d'ordinaire tôt le matin avait filé. L'été dardait ses rayons acérés au lieu d'assainir l'odeur de la nuit. Il referma les battants en ne laissant passer qu'un filet de lumière.

Il pressa les touches. La tonalité de son téléphone

acheva de le réveiller.

— Bonjour Mario. Comment ça va vieux frère ? articula-t-il avec difficulté.

— Salut Ben. Alors, on se retrouve bientôt ? Dis donc, tu es un sacré veinard : tu retournes enfin chez toi.

Ce dernier composa une réponse embarrassée, tandis qu'un sourire tordu allégeait la commissure de ses lèvres.

— Je… Je suis partagé, j'ai un projet à finir ici. Je t'ai parlé de ce chef de gare qui voudrait que nous mettions en place nos prototypes, à partir de chez lui ?

Benjamin s'engagea dans un descriptif de ses dernières réalisations. Ingénieur de trente-sept ans en systèmes embarqués dans le domaine du drone, il n'avait aucune envie de quitter Rome et de subir l'obscur chambardement organisé par la maison-mère : cette dernière était située en France, au pied de son village natal, Prabès, à quelques kilomètres de l'endroit où il avait vécu avec sa tante. Il résisterait, vanterait ce qu'il avait accompli dans les filiales étrangères afin d'échapper à l'ordre de rapatriement de ce maudit courrier.

Mario répliqua :

— Je ne te comprends pas. Pourquoi as-tu travaillé tout ce temps ? Ce n'est tout de même pas pour rester expatrié toute ta vie ! Allez, ça bouge, vraiment. Quelque chose me dit qu'on va se faire plaisir. Tu vas voir, les drones prennent de l'envergure. Je le sens.

— Franchement Mario, tu sais quoi ? Je crois que les têtes bien pensantes veulent juste s'assurer que nous les écoutons toujours. Rien de nouveau sous le soleil. Mais ils pourraient nous laisser le temps de finir ce que nous étions en train de faire.

— Ben ! protesta son ami. On te convie à un grand projet, dans ton pays. C'est une chance que j'aimerais bien avoir, moi.

Benjamin sentit de l'agacement dans la voix de Mario et il se ressaisit. Italien de naissance, son jeune collègue et ami ne rêvait que d'une chose : sa place, celle qu'il occupait. *Comment lui expliquer qu'il avait trouvé ici un pansement alvéolé de liberté raisonnable qui, associé à un travail de forcené, lui permettait de vivre encore au jour le jour ?* Il y renonça, en plaisantant, avec un cerveau emplâtré par un sommeil délétère :

— Que veux-tu, l'Italie m'a à sa botte.

Il avait eu des jours meilleurs... Bon prince, Mario entra dans son jeu. Ils ironisèrent ensemble. Cependant, avant de raccrocher, Benjamin conclut, conciliant :

— Après tout, tu as raison, c'est peut-être le moment pour moi de rentrer poser mes valises, et de passer la main.

Ce en quoi il se trompait.

1re partie

Comme avant

Après avoir traversé les paysages jaunis et ondulants des plaines du sud-ouest de la France, Benjamin s'engagea dans des lacets abrupts. Aux terres colorées atteignant parfois de sombres rouges succédaient de hauts reliefs calcaires émiettés. Devant lui, des barres rocheuses chapeautaient des langues puissantes, encerclant, à leur pied, de petites dolines fertiles et annonçaient les grands causses surplombant Prabès. Le chant des grillons s'atténuait au fur et à mesure qu'il montait. Au bout d'une demi-heure, il aperçut les murs d'enceinte rongés par le temps. Une végétation rousse s'échappait de ses pierres grises par touffes rebelles. Une tour aux reflets mordorés marquait l'entrée. Il n'en restait pas grand-chose, mais ses fondations s'enracinaient avec obstination dans le sol.

Benjamin se gara sur une place craquelée par les racines de son chêne puis redescendit une cinquantaine de mètres à pied. Il vit de loin l'enseigne « chez Lolo », qui avait perdu une lettre. À cet endroit, la rue cabossée et creusée de nids de poule était entaillée d'une terrasse en bois. Il pénétra à l'intérieur du bar d'un pas décidé.

— Tiens donc, voilà notre Benjamin !

Immanquable : Laurent – le fameux Lolo – l'accueillait avec entrain, même après des mois d'absence.

— Salut Lolo. Toujours aussi chauve ? Tu me sers

quelque chose à boire ?

Il le laissa choisir. Lolo jugea qu'il était l'heure d'un Pastis et le lui déposa devant lui. À l'autre bout du comptoir, des habitués interrompirent leur discussion. L'un d'entre eux adressa un hochement de tête engageant à Benjamin : celui-ci provoquait facilement des mouvements de sympathie. Son teint halé et son allure élancée lui donnaient charme et prestance ; son regard pétillant et son menton pointu témoignaient de sa vivacité, tandis que ses pommettes rondes adoucissaient son visage. Si ses gestes étaient plus lents depuis quelques années, ils étaient aussi devenus plus expressifs au contact des Italiens.

— Alors ?

— Eh bien, je reviens. Je m'installe même.

— Pas possible ! Ceux du bas t'ont viré ? s'inquiéta son ami.

« Ceux du bas », c'étaient ses employeurs, les cols blancs de Buleo.

— Non, pas encore. Je sais simplement que j'ai quitté définitivement l'Italie pour travailler ici pendant un temps. Après, nous verrons, certains pays ne connaissent pas mon savoir-faire ! plaisanta-t-il en adressant un clin d'œil.

Expatrié depuis douze ans, il avait déménagé maintes fois, mais d'ordinaire, il avait plusieurs mois pour annoncer la nouvelle de son départ et promettre qu'il reviendrait. Et il avait toujours habité au moins trois ans à chaque endroit. Cette fois-ci, il aurait dû finir d'aider les équipes de maintenance du réseau de chemin de fer italien à établir un point journalier sur l'état de la vétusté de leurs équipements. Il n'avait même pas pu achever ses premiers tests sur ses « essaims » de drones, qui auraient pu exécuter cette tâche avec une efficacité redoutable.

L'enfant du pays raconta aussi sa vie à Rome : l'Histoire que l'on croisait à chaque coin de rue, les habits impeccables qu'il fallait arborer afin de prendre sa place, la volubilité des Italiens et la diversité de leur cuisine.

— Quand on résume l'Italie à ses pâtes, on est très loin de la réalité, avança-t-il. J'ai rapporté une valise de conserves qui devrait m'égayer quelques repas.

À vrai dire, il comptait sur les talents culinaires de Mario pour lui concocter des plats aux saveurs de son pays. De digressions en digressions, il brossa un tableau de journées hyperactives, décrivit les défis qu'il avait relevés avec passion : ses essaims suivaient des algorithmes compliqués permettant à ses engins de ne pas se percuter par exemple. Cependant, il savait bien qu'il avait perdu sa légèreté d'antan et il sentait le regard interrogateur de son vieil ami. Son engourdissement freinait parfois ses allusions taquines ; il était obligé de forcer le trait pour arracher des sourires.

— Je me trompe si je dis que quitter l'Italie n'est pas le fond du problème ? questionna doucement Lolo.

Il posa son torchon ; Benjamin lui donna raison sans plus de commentaires. Cela dit, ce dernier avait réellement eu du mal à partir, car il avait trouvé quelque chose de plus dans ce pays-là : un petit bout de racine, à un moment où le sol s'écroulait sous ses pieds, son arrière-grand-père étant originaire d'Italie. Ce dernier avait émigré pour trouver du travail dans une mine au nord de la France… qu'il avait fini par fuir : impossible de vivre toute une vie accroupi dans des tunnels sans avenir. Son périple avait pris fin au sein d'une ferme caussenarde où l'on cherchait de l'aide pour la transhumance. La réponse de Benjamin fut interrompue par la véhémence d'un groupe d'éleveurs qui s'installaient bruyamment au fond du bar. Une histoire de bélier noir, introduit dans un troupeau collectif, par une Parisienne nouvellement établie :

— En plus, elle a le culot de raconter que les anciens avaient eux aussi des moutons noirs. Pour qui elle se prend cette bonne femme ?

D'autres renchérirent. L'un d'entre eux suggéra que l'on pouvait séquestrer l'animal indésirable pour que cela servît de leçon à l'étrangère. Benjamin songea que sa tante aurait pris la défense de cette éleveuse. Il tourna la tête. Son regard s'arrêta sur l'affiche plastifiée du prix des consommations : délimitée par une trace jaunie par le temps, elle portait une ligne de poussière. Il revit les moments qu'il avait passés ici au plus fort de son ennui, quand sa tante tardait. Puis son regard fut attiré par une vague de soleil qui submergeait le palier.

Lolo contourna le bar et s'assit à côté de lui. Il murmura :

— Elle en aurait aimé la lumière.

— Qui ça ? demanda mécaniquement Benjamin.

Lolo se leva en faisant un geste de la main.

— Désolé, je ne sais pas pourquoi je pense cela. Emma : je suis sûr qu'elle aurait su capter la lumière de Rome, elle qui traquait le moindre rayon avec son appareil photo. Benjamin se renfrogna. *C'était leur faute tout ça. Il n'était pas prêt.* Toujours incapable de concevoir cette absence dans sa vie. Alors il éluda, en admettant cependant que l'Italie était une destination dont on rêvait dans sa famille, et il annonça qu'il rejoignait ses parents.

À cette époque de l'année, ces derniers s'occupaient de leurs moutons dans les Causses.

Benjamin remonta vers la place et s'engagea à travers un dédale de rues dont il connaissait autrefois tous les habitants. Ainsi, il repéra en contrebas une façade plus blanche, légèrement fissurée maintenant et surmontée d'une toiture multipan enchâssée de lucarnes, qu'il savait être la demeure d'un directeur de Buleo. Enfant, il avait pensé que réussir ressemblait à cette bâtisse propre et haute. Puis il s'engouffra dans une ruelle sinueuse et ralentit devant une maison enfoncée derrière un jardinet, avec des stores aux rayures colorées qui donnaient des impressions de Côte d'Azur. Cette habitation paraissait décalée à Prabès, mais il affectionnait particulièrement la famille de Parisiens qui venait là l'été. Il contourna ensuite une demeure massive, qui lui masqua le clocher de l'église et accéda à un chemin ombragé.

Enfin, il arriva au-dessous de la ferme d'hiver de ses parents, inoccupée pour l'heure, et s'arrêta devant l'une de ses dépendances qu'il avait habitée avec Emma, sa tante. Celle-ci l'avait maintes fois recueilli, notamment lorsque ses parents se rendaient dans les pâturages situés à plusieurs heures de marche de Prabès : pour les jours d'école de juin, septembre et octobre, ceux-ci n'avaient pas trouvé d'autre solution. Chaque année, ils effectuaient à cette époque-là une transhumance avec leur troupeau, afin de trouver un peu de fraîcheur et surtout de l'herbe grasse.

Des linteaux constitués de petites pierres dont on apercevait les arêtes. Un chêne devant la porte. Une fenêtre dont l'arrondi suivait la pente du toit en lauze ; une façade appuyée sur un rocher qui débordait sur la cour. Le muret du fond qui surplombait une falaise rongée de l'intérieur. Les souvenirs remontaient.

En décidant de mourir, sa tante l'avait entraîné dans un questionnement stérile empreint de conditionnels qui le rendait potentiellement fautif d'un acte qu'il haïssait : son suicide lui semblait insurmontable. *Il aurait dû... Il aurait pu...* Depuis deux longues années, la vie qui le traversait, initiée par elle, cette vie se brisait en lui quand il se trouvait confronté aux décisions qu'il aurait pu prendre pour inverser le cours des évènements. La nostalgie le frappa de plein fouet.

Il attrapa son téléphone portable d'un geste brusque, comme s'il tirait une sonnette d'alarme. Pas de réseau. Il était seul ; ce retour au bercail s'annonçait mal. Parti d'ici pour honorer la confiance de sa tante, il n'avait pas suffisamment mesuré que cet éloignement l'avait rendu aveugle : voulant à tout prix réussir ses missions d'expatrié, il avait minimisé les signes avant-coureurs de la débâcle, de la vague scélérate, qui avait englouti celle qui l'avait porté, déporté... vers un avenir inespéré pour un enfant de Prabès.

Accablé, il poursuivit vers la « draille », un chemin ancestral qui conduisait aux estives, les pâturages des hauteurs. Le silence le rendait mal à l'aise. Ici, les bruits se succédaient. Ils ne se mêlaient pas comme il en avait l'habitude dans les grandes villes où il habitait.

Il dépassa la limite, celle qu'il n'avait plus franchie depuis ses expatriations : l'enclos de la ferme. De plus en plus vite, le soleil dans les yeux. Le bleu pur du ciel, l'odeur du thym. Il se sentit un peu mieux. Comme en Italie, la chaleur était intense. L'âpreté de cette terre avait quelque chose de familier bien qu'il n'y fût plus monté depuis des années : lors de ses visites biannuelles de Pâques et de Noël, il restait en bas. Pas le temps. Ou juste de quoi s'acquitter avec ardeur d'une obligation filiale.

Deux heures plus tard, des bêlements et le tintement de cloches annoncèrent la présence d'un troupeau. *Alors, il se souvint de l'odeur des bêtes, entêtante, qu'il s'appliquait enfant à faire disparaître en arrivant chez sa tante Emma.* Il le contourna en gardant ses distances. *Les bêtes étaient sales.* Il aperçut le toit de la bergerie, puis des rafistolages de ficelles et de tuyaux en plastique qui servaient à pomper un peu d'eau dans un ruisseau voisin. Tandis qu'il s'avançait lentement, la rusticité de son enfance lui sauta au visage. Ainsi, il ralentit encore et ses traits se durcirent.

La silhouette de sa mère, besogneuse, se détacha de l'ombre de la bâtisse. Au village, Rosa était appréciée : elle ne jugeait pas et se refusait à voir le mal chez ses semblables. Elle était la première à rendre service, discrètement, le regard doux, parfois lointain. De plus, elle se donnait, avec soin, courageusement. Il la trouva égale à elle-même. Égale était un qualificatif qui lui correspondait. Sa vie était faite de renoncements.

— Alors comme ça, c'est bien vrai… T'y es monté.

Sa mère était plus hâlée qu'en hiver. Ses cheveux épais blancs étaient mal coupés mais propres : ses parents avaient de temps à autre des randonneurs à leur table, alors il fallait faire bonne figure. Son visage s'ouvrit, un mouvement de joie la traversa tout entière. Épanouie dans son milieu naturel – bien plus en tout cas que lorsqu'elle se trouvait dans la ferme du bas – elle était belle.

Il lui fut reconnaissant d'être vivante. Il se souvint d'une remarque de son ami d'enfance, Gabriel : « Alors toi, t'as une maman de vie et une mère d'accueil, t'es verni mon connaud ! » Il lui restait sa maman de vie.

— Oui, tu vois : je suis là, répondit Benjamin en l'embrassant.

Cependant, il se sentait apprêté. Pour rompre le silence, il réclama un peu d'eau.

— Le père est en haut, dit simplement sa mère en l'entrainant dans la bergerie.

Celui-ci arriva pour l'heure du souper : Justin Delmas était un homme trapu et nerveux qui ne levait pas les yeux. Bourru, il se sentait plus à l'aise avec son troupeau qu'avec des êtres humains. Quand un autre éleveur se présentait, il commençait par lui sortir un verre bon marché et lui versait d'autorité du vin rouge de la région. Il ne parlait pas avant d'avoir fini le sien. On venait parfois lui demander conseil sur la façon de s'occuper des moutons ; sur ce sujet-là, il était intarissable.

Justin attendit dans l'embrasure de la porte que son fils se levât pour le saluer d'une poignée de main qu'il prolongea d'une claque dans le dos. Alors, il posa son béret sur un porte-manteau taillé grossièrement et vint à table. La soupe fut avalée à grand bruit. Suivie d'un morceau de viande. Puis la mère se leva pour chercher une bouteille de Cartagène, un vin de liqueur local. Le trentenaire observa ses parents. Du fait qu'ils étaient vêtus légèrement, ils lui paraissaient plus maigres que lorsqu'il les voyait à la ferme nichée aux portes du village. Par contraste, sur la table, les mains de son père lui parurent démesurées. *Quelle vie…* Benjamin songea à la mansarde au-dessus où il logeait enfant pendant les vacances d'été. La lucarne sans vitre. Le matelas à même le sol. Une malle et une caisse retournée comme seul mobilier. De là-haut, il apercevait les visiteurs arriver. En fonction de leur allure, il descendait l'échelle ou poursuivait ses lectures… qui lui permettaient de s'échapper : il ne rechignait pas au travail, mais il savait que son avenir était ailleurs. Ses parents n'avaient pas cherché à l'en dissuader. Son père le pensait incapable de prendre sa suite ; sa mère le sentait destiné à de grandes réalisations, sans trop savoir lesquelles. Bien que sans le sou, Benjamin avait porté dès son plus jeune âge des vêtements qui le distinguaient. Il les rapportait de ses escapades de-ci de-là. Sa mère s'en enorgueillissait, même s'il lui fallait accepter la charité qu'on leur faisait. En réalité, le jeune garçon sympathisait facilement avec tous au village, même avec les nouveaux-venus arrivés avec l'installation de Buleo – que les paysans considéraient comme une verrue lunaire qui finirait bien par disparaître. Quand elle le retrouvait après son séjour à l'estive, la mère était fière de la sociabilité de son fils et tâchait de raisonner le père qui s'émouvait de surprendre dans leurs bottes de foin des bandes de jeunes érudits, poètes, musiciens, ou autres explorateurs inutiles. Seul Gabriel trouvait grâce à ses yeux, car le gamin ne manquait pas d'interroger ce dernier sur ses moutons. En bougonnant, il lui rétorquait qu'à force de questions, il l'embrouillait. Mais Benjamin avait toujours pensé que son père aurait préféré avoir un fils comme Gabriel.

Justin le coupa dans ses souvenirs :

— Il y a une bête qui nous a mangé deux agneaux hier, alors je vais dormir avec le troupeau. À deux, on ne serait pas de trop.

La demande de son père le laissa sans voix. Pourtant, l'allusion était claire. Quand Benjamin venait autrefois à l'alpage pendant les vacances d'été, ses parents l'attelaient à la tâche un bon moment de la journée : un passé qu'il avait escamoté à la longue, et à force de passages éclair, généralement à la ferme. Il prit alors vraiment conscience que, pour eux, sa présence, même inopinée, ne pouvait pas être une visite de courtoisie.

Benjamin passa la nuit enveloppé dans une couverture. Pendant la première heure, il sursauta au moindre mouvement du troupeau. Quand les chiens aboyèrent, son père se leva, puis revint, rapidement. Fausse alerte. Épuisé, Benjamin ferma les yeux devant les étoiles… jusqu'à ce que l'odeur du café du matin réveillât ses narines poudrées de rosée.

— Rien à signaler cette nuit. À deux, on leur a fait peur, annonça laconiquement son père en lui versant son liquide fumant dans une tasse en fer blanc.

C'était sa façon à lui de remercier.

Mutation

Buleo se nichait dans les contreforts du Causse de Prabès à l'arrière d'une ancienne zone militaire. Elle profitait de la proximité de l'aéronautique de Toulouse et de sa situation reculée, presque secrète. Ici, on réalisait et on testait des drones, engins volants sans pilote, vendus de par le monde entier. Leurs principales fonctions étaient de surveiller de vastes étendues ou de transporter de petits objets. Ils émettaient certes un bourdonnement lointain, mais, enfermé au sein d'une enclave de quelques kilomètres, le site était protégé par des reliefs oubliés. Son fondateur misait sur le fait que la région était d'abord connue pour son village haut perché et sa transhumance : chaque année, des moutons — colorés pour l'occasion — étaient rassemblés sur une place aménagée autour d'un majestueux chêne blanc aux multiples troncs, avant de monter dans les pâturages. Pour tout visiteur non averti, difficile d'imaginer derrière ce paysage la présence d'une entreprise internationale de haute technologie.

Benjamin gara sa Prius – une petite voiture hybride – près de l'entrée. Il songea qu'il lui faudrait se renseigner sur l'emplacement de la borne de rechargement qui venait d'être installée sur le site. Il aurait pu choisir une marque plus ostentatoire parmi les voitures de société qui lui avaient été proposées à son arrivée en France. Lui préférait jouer la carte de la nouveauté. Certains lui reprochaient d'être puéril ; en réalité, il avait gardé malgré lui un esprit joueur.

Il passa le portique de sécurité en tendant

nonchalamment une main armée d'un badge et se dirigea en direction d'un brouhaha naissant.

—Mario ! lança-t-il en le reconnaissant de loin.

Ils se donnèrent une accolade. Ce dernier l'attendait manifestement. Du fait de son jeune âge, il n'était pas encore pris au sérieux par ses collègues et hésitait à les rejoindre seul. À trente ans, Mario Bernito lui faisait penser à la photo de son propre arrière-grand-père épinglée dans la salle à manger de ses parents. Peut-être parce qu'ils étaient tous les deux Italiens. Peut-être aussi parce qu'ils avaient les mêmes joues rebondies et le regard innocent. Benjamin se remémora l'arrivée de Mario en Chine alors que ce dernier venait à peine de terminer ses études. Il avait d'abord récriminé contre le siège de Buleo qui lui mettait un gamin dans les pattes. Puis, il avait apprécié son esprit scientifique et son dévouement : le jeune homme l'avait secondé avec une admiration et une abnégation à toute épreuve et ils étaient devenus amis. Ils étaient restés en contact régulier, même s'ils ne s'étaient revus qu'une seule fois en Italie depuis son départ de Chine. Ils échangèrent leur joie de se retrouver, puis Benjamin lui présenta les collègues qu'il avait connus avant lui. L'Italien serra les mains qui se tendaient avec volubilité.

Reconnu au sein de l'entreprise, l'ingénieur fut rapidement sollicité sur des questions techniques. Mario le suivait, attentif. Benjamin marqua un point d'arrêt quand vint José, son collègue péruvien. Il raconta à la cantonade comment ils avaient déterré des crânes humains pour une mission de cartographie de sites archéologiques. Là-bas, il y avait aussi déniché un ami fidèle : Luis, le responsable de cette mission. Ce dernier lui avait ouvert le ciel. Pilote aguerri, il lui avait appris à en capter les mouvements, les souffles, à deviner ce qui se cachait derrière la moindre circonvolution nuageuse. José intervint :

— Tu te souviens de ce bus dans lequel tu voulais absolument monter, sous prétexte d'être au plus près des Péruviens ?

— Eh bien…

— Celui qui avait deux poteaux à l'intérieur pour soutenir le toit prêt à s'effondrer ?

— Mais oui, cela me revient !

— Et ce billet d'avion qu'il a fallu payer plus cher afin que le pilote accepte de nous emmener dans cet endroit venteux…

Benjamin songea qu'à l'époque, il prenait des risques. Maintenant, les difficultés prenaient des allures de montagne à soulever.

— Les géoglyphes de Nazca, compléta-t-il machinalement.

— Des géoglyphes… Tu peux en dire un peu plus ? s'intéressa Mario.

L'ingénieur se lança dans des explications.

— Ce sont des figures démesurées, tracées sur le sol, souvent des animaux stylisés, parfois de simples lignes longues de plusieurs kilomètres. Elles se trouvent dans un désert du sud du Pérou. Les scientifiques ont longtemps cherché à savoir qui les avait dessinées, jusqu'à ce qu'ils réalisent, assez récemment je crois, qu'elles auraient été conçues par deux populations différentes.

Il poursuivit : il se faisait un point d'honneur de creuser toute question comme s'il le devait à son entourage. Mario remarqua que certaines personnes regardaient Benjamin de façon insistante. Plus tard, des collègues débattraient pour savoir s'il portait un pantalon jaune canari ou jaune paille, son accoutrement ne laissant pas indifférent. Certes, son habit était bien coupé, on le lui concéderait – en réalité, il l'avait acheté pour la nouveauté, sans intention de provoquer cependant.

Le brouhaha s'intensifiait de toutes parts. De quoi diable parlerait-on lors de cette fameuse réunion au sommet ? Depuis quelque temps, les drones civils pâtissaient de la mauvaise réputation des drones militaires, associés à des faits de guerre peu glorieux. Se pouvait-il que la loi se mît à brider tout le secteur par principe de précaution ? Ou bien au contraire, est-ce que le corps législatif allait soudain donner libre champ aux inventeurs les plus ingénieux ? L'histoire de cet objet de haute technologie laissait présager des rebondissements. Différentes rumeurs se propageaient quand le patron, Henri Lebec, apparut au bout du couloir. Les participants pénétrèrent dans la salle de conférence et s'installèrent bruyamment, mais les conversations cessèrent rapidement afin de laisser le PDG prodiguer son accueil. Ce dernier remerciait ses collaborateurs d'avoir accepté de se retrouver au siège, lieu excentré, alors que la plupart venait des mégalopoles les plus prestigieuses du monde.

Benjamin n'avait jamais rencontré Lebec. Il remarqua ses cheveux noirs en bataille et la propension qu'il avait de pencher son large visage pour relever « les avancées technologiques qui n'auraient pas vu le jour sans vous » et engager son auditoire vers « notre avenir ». Ce qui dura, car il ménageait son suspense. Lorsqu'il entra dans le vif du sujet, il passa dix minutes à expliquer deux mots : hautement confidentiel… *Oui, mais encore ?* Benjamin s'impatientait. Il releva des signes de dispersion dans l'assistance : une femme située à l'avant, légèrement sur le côté, se livrait à quelques apartés. Benjamin se renseigna autour de lui. Elle s'appelait Tanya Merbès. Se sentant observée, elle se retourna. Et, soutint son regard. Finalement, Benjamin n'écoutait plus quand, enfin, Lebec lança la présentation du « Junction ». Ce dernier avait fait baisser les lumières d'un geste de la main, et une musique tonitruante accompagnait le vol d'un drone autonome pénétrant les villes grâce à des « dronavenues ». Buleo allait faciliter la vie de ses concitoyens. Le Junction déplacerait les objets comme Internet avait apporté l'information dans les foyers !

— Il ne s'agit pas d'une révolution, mais d'un nouveau mode de consommation : avec le Junction et ses dronavenues, l'économie « écocitadine » aura des visées écologiques et stimulera le commerce de proximité.

Lebec étayait ses propos d'exemples :

— … Ma sœur m'a avoué avoir acheté des élastiques en Angleterre. Elle n'en a découvert la provenance qu'en recevant la facture. Il était trop tard. Elle avait déclenché sans le savoir un système compliqué et polluant !

Il parlait d'une voix profonde avec une gestuelle calculée et un sourire entendu : il était un orateur doué. Il laissa planer un silence avant de poursuivre.

— Les livraisons générées par internet arrivent à une situation de saturation sans que personne s'inquiète de l'optimisation de ces trajets. Le paquet commandé hier arrive parfois avant celui que vous avez programmé il y a un mois. Sans parler de ces colis qui naviguent d'un relai à un voisin grincheux, ou qui repartent à la centrale parce qu'une série d'évènements vous a empêché d'aller le chercher ! Les dronavenues, réseau au cœur de nos cités, permettront au commerce de se développer avec une efficacité rare et novatrice.

Lebec défendit son projet avec humour et exaltation et insista sur le fait qu'il avait réuni au siège les meilleures compétences de la société. Plutôt grand et élégant malgré un style décontracté, il avait du charme et savait en jouer. Benjamin lui donna moins de quarante ans. La présentation était menée comme un film d'action. Quand la lumière revint, un silence demeura quelques instants. L'assistance était subjuguée. On sentait les esprits tendus vers l'avenir. Les données techniques, ambitieuses, étaient digérées avec des yeux brillants.

Des questions s'élevèrent :

— Où le drone enlève-t-il le paquet ?

— Sur les plateformes des dronavenues. Il s'agit d'un dépôt sécurisé qui s'ouvre sur la commande du drone. Celui-ci vient chercher le paquet au moment opportun, c'est-à-dire quand la « boîte aux colis » réceptrice annonce qu'elle dispose de la place nécessaire.

— Qui aura accès au Junction ?

— Les commerçants et les particuliers. L'économie écocitadine sera écologique avant tout et, dans tout système écologique, il y a une notion de partage. Si demain vous décidez par exemple de fabriquer des maquettes chez vous, vous pourrez utiliser une boite aux colis proche pour les livrer dans celles de vos clients, ou dans celle d'un magasin de jouets.

— Où se posera le Junction en cas d'inaction ?

— Sur un poste de recharge situé sur l'allée centrale des dronavenues. En cas de besoin d'ailleurs, un logiciel y sera capable d'établir un diagnostic de panne.

Peu de questions restèrent sans réponse. Le sujet était maîtrisé. L'aventure prenait déjà forme.

En fin de séance, un homme au visage rond, qui se présenta en tant que « coach », apparut sur le devant de l'estrade pour annoncer que le projet serait lancé par des « workshops » : des groupes de travail « transversaux » qui mêleraient des personnes aux compétences complémentaires. Il palabrait joyeusement. Des listes défilèrent sur l'écran et Benjamin constata que Tanya Merbès faisait partie de son groupe. Pour commencer, chacun se présenterait aux autres en répondant à la question : « Si j'étais un élément de drone, que serais-je ? » Cela ressemblait à un jeu. L'ingénieur sourit.

L'envolée de Lebec, suivie de l'effervescence des cellules grises de ses troupes, s'évapora en un bruit diffus. La séance était levée et les participants sortirent de l'amphithéâtre tout ébaubis. Quelques esprits bricoleurs à l'aise dans des projets d'envergure relative permettant à leur paresse de s'épanouir… avaient un air soucieux. D'autres au contraire se voyaient déjà propulsés dans un film de science-fiction dont ils seraient les héros ! Benjamin était finalement l'une des rares personnes peu touchées par le spectacle donné par Lebec. Il reconnut cependant en son for intérieur que la beauté glacée qui avait soutenu son regard lui avait offert une distraction des plus agréables. S'il avait pu s'échapper maintenant à l'agacement de ce qu'il considérait comme une fête foraine, il aurait même été content de son retour à Prabès. Il la chercha du regard puis calcula ses mouvements pour pouvoir la croiser.

— Je crois que nous sommes ensemble, annonça-t-il quand elle arriva près de lui.

— Pardon ?

Il répéta et précisa :

— ... dans le même « workshop ».

Le mot roula avec plaisir dans sa bouche.

— Ah oui. Monsieur ?

— Delmas.

— Enchantée de vous rencontrer, monsieur Delmas.

— ...

— J'ai entendu parler de vous, ajouta-t-elle sur un ton mystérieux.

Il n'eut pas le temps de la questionner : un collègue le prenait déjà à partie sur une difficulté technique qu'il voyait dans la mise en œuvre du Junction.

Plus tard, il se demanda pourquoi il avait résisté au flot pour rester en haut des marches et aborder cette inconnue. Certes, elle était superbe et désinvolte. *Ou bien était-il impressionné par son sourire, immense, gravé dans son visage ?*

Néanmoins, le charme de ce sourire fut rompu rapidement. Au sortir de la réunion, Benjamin ne chercha ni à renouer avec d'autres membres de sa famille ou avec des connaissances du village, ni à rassembler ses collègues. Il proposa simplement à Mario de monter à Prabès. Ce faisant, il prenait le risque que celui-ci vît les marques qui se cachaient derrière une insouciance dont il ne restait que la façade… D'ailleurs, Mario s'étonna de la tempérance de ses plans au vu de l'annonce qui leur avait été faite. Le caussenard soupira, puis il rétorqua, ironique :

— Tu ne veux pas que je te présente mon village, haut lieu du tourisme typique : 5000 têtes dont celles des moutons ?

Finalement, les deux hommes se rendirent directement à Prabès, sans même passer chez Lolo. Mario y retrouva des objets familiers, comme le miroir en forme de soleil. Cependant, comme Benjamin lui montra les conserves qu'il rapportait, l'Italien se désola.

— Tu viendras chez moi et je te cuisinerai des légumes. L'Italie, on ne la met pas en boîte, il faut d'abord un savoir-faire.

Benjamin hocha la tête d'un air entendu, sans grand enthousiasme, alors que cette perspective le réjouissait pourtant. Mario lui en fit le reproche. Son cher collègue ne lui répondit pas, pensif. Il prit conscience que la séance de la journée le préoccupait. Il n'aurait pas su dire pourquoi néanmoins. L'Italien se racla la gorge avant de rappeler leurs souvenirs les plus cocasses. Ils renchérirent en chœur, puis butèrent sur des silences en échangeant des regards. Leur amitié se réinventait. Benjamin avisa des transats qu'ils installèrent dans l'herbe fraîchement coupée et ils s'y glissèrent en soupirant d'aise.

La nuit s'étirait. Quelque part dans les Causses, un feu d'artifice rompit le silence.

— Décidément, il se passe toujours quelque chose avec toi, commenta l'Italien.

— Avec moi ? Je suis en train de rentrer sagement au bercail, non ?

Ce discours sonnait faux et Mario ne releva pas.

Branle-bas orchestrés

Les équipes affectées au Junction furent installées à l'intérieur de préfabriqués donnant sur les pistes d'essais. Bien malgré lui, Benjamin prit la responsabilité de la programmation du nouveau drone. Le fameux workshop le divertit pendant quelques jours, puis il se mit au travail avec une réserve qui ne lui ressemblait pas. Il disposait pourtant d'un bureau spacieux, avec une table ovale digne d'un directeur pour regrouper ses six collaborateurs. Et le projet mettait en œuvre à la fois des langages qu'il maîtrisait et des subtilités nouvelles, qu'il explora avec un certain plaisir malgré tout. Il partageait un plateau avec d'autres équipes, dont celle de Mario. Mais Benjamin dut s'adapter à recevoir des consignes répétitives et détaillées, ce dont il s'était affranchi depuis qu'il était expatrié. De surcroît, il n'avait qu'une vision parcellaire des objectifs. D'ordinaire, il concevait lui-même l'aérodynamisme et le faisceau électrique de l'appareil en plus de la programmation de ses engins. Là, il ne pouvait pas participer à tout. Heureusement, chaque fin de semaine, il participait à une sorte de grand-messe où il retrouvait les représentants des autres équipes d'ingénieurs, dont Mario, chargé des problématiques aérodynamiques.

Néanmoins, au bout de trois semaines, l'ingénieur sentit de fortes réticences l'envahir. En rejoignant le rassemblement hebdomadaire, il remarqua d'abord que la forte odeur de plastique s'échappait encore des chaises neuves. D'ordinaire, il prenait soin de se placer près des autres membres influents ; cette fois-ci, il s'en éloigna.

Les tables étaient disposées en U. Au centre se trouvait le représentant de la direction, qui n'était autre que Tanya ce jour-là. Elle faisait face à un tableau blanc qui recevait les images d'un rétroprojecteur. En fin de réunion, elle lui demanda son avis sur le risque que le Junction se retournât contre les lois qu'on lui aurait inculquées. Pourquoi cette question-là en particulier le poussa-t-elle à se dévoiler ? Jamais il ne le sut. Il s'engagea avec l'insouciance d'un marcheur étourdi qui n'aurait pas vu la peau de banane.

— Le robot aura des instructions qui lui permettront de parer à de nombreuses difficultés. Il saura gérer les situations décrites dans le cahier des charges. En revanche, il me paraît présomptueux de prétendre que ce cahier des charges étudie toutes les situations à risque auxquelles notre appareil pourrait être confronté. À mon sens, l'environnement citadin crée des conditions beaucoup plus complexes que ce qui a été imaginé. Si vous voulez savoir ce que je pense, eh bien, je suis intimement persuadé que nous ne sommes pas capables d'évoluer dans les villes sans mettre les populations en danger !

Il blanchit en s'entendant parler fort et réalisa qu'il s'était levé de sa chaise. Ainsi, il comprit ce qui le taraudait depuis le dévoilement du projet : inconsciemment, il avait occulté qu'*il voulait interdire l'accès à la ville au Junction*. Il sut alors avec certitude que son malaise à Prabès ne provenait pas uniquement de sa proximité aux souvenirs vécus avec sa tante. En poussant un soupir rageur, il fit cependant un geste de la main pour minimiser le poids de sa critique : il ne voulait pas se mettre en porte-à-faux. Le silence se fit autour de lui. Le bruit du vent qui forçait sur les interstices du préfabriqué donna une aura sinistre à son intervention.

Tanya Merbès rétorqua :

— Nous sommes une entreprise. Ce n'est pas à nous d'appliquer le principe de précaution. Je vous rappelle que c'est le ministère des Transports qui a lancé ce projet. Et je peux vous certifier que ces gens n'agissent pas à la légère.

Le ton froid contrastait avec son regard, intense. Il sentit qu'elle était sur la défensive. Il avait appris le jour de leur première réunion en workshop que cette femme singulière était directrice de communication. Elle avait la réputation d'être dure en affaires et de pratiquer la communication en sens unique, de façon calculée. On l'appelait la Reine Soleil, d'abord parce qu'elle avait une façon directe d'imposer ses vues, et aussi parce qu'elle portait éternellement des lunettes de soleil fichées dans ses cheveux.

Elle ajouta :

— Sachez, monsieur, que l'un de vos collègues travaille sur un système qui empêchera le piratage d'un drone.

Elle avait touché juste. En réalité, ce n'étaient pas les omissions de quelques empotés qu'il craignait, mais bien la malveillance, réfléchie, programmée, froide.

Il ne se laisserait pas entrainer sur ce terrain-là. Tendu, il esquiva.

— Il ne s'agit pas de cela. Nous ne pouvons pas tout prévoir : nous aurons beau limiter la hauteur à 150 mètres comme le prévoit la loi, en cas de défaillance du système, la chute d'un drone, même léger, peut gravement blesser… car il ne faut pas se leurrer, la dérive le ramènera au-dessus de la tête des passants.

Cela permit à Tanya de trancher.

— Vous avez tout à fait raison. Nous maintiendrons donc les drones sur des portions de routes interdites aux piétons.

Benjamin fut impressionné par son aplomb. Cependant, il pensa que ces plans, déjà dessinés, n'étaient pas sortis de son chapeau.

À sa grande surprise, Tanya le rejoignit dans son bureau après la réunion :

— Monsieur Delmas, j'aimerais vous inviter à dîner, annonça-t-elle, péremptoire.

Mario se trouvait avec lui et le regarda avec insistance.

— Eh bien…

— Chez moi, en début de semaine, cela vous conviendrait ?

— Je dois voir un cousin… avança-t-il.

Il ne voulait pas s'exposer avec l'équipe dirigeante : certaines questions pouvaient être embarrassantes. Néanmoins, la curiosité prit le dessus. Et Tanya penchait imperceptiblement la tête dans un mouvement charmant. Benjamin accepta finalement sans se faire prier.

Quand elle partit, Mario commenta avec un sourire :

— Si tu mets ton pantalon jaune canari, évite les chaussures bateau.

Benjamin riposta spontanément avec bonne humeur.

Mais il suivrait les conseils avisés de son jeune ami : celui-ci disposait d'une culture vestimentaire qui lui faisait défaut.

Plus rien à perdre

Un bruit mat déchira la nuit quand il se cogna sur le poteau. Désorienté, Habib Khan ne trouva pas immédiatement la sortie. Il tâtonna les murs crayeux avant de repérer le trou béant dans la nuit. Enfin dehors, il se dirigea vers une masse noire lointaine : le col qu'il franchirait au petit matin. Il courait, mais précautionneusement. Il s'agissait de ne réveiller personne, car il ne se sentait pas en mesure de combattre le reste des troupes. Il tituba sur une pierre, se releva. *Pouah* ! Ses mains étaient gluantes. Il les essuya sur son shalwar kameez[1]. Puis il continua, plus lentement, en épiant les bruits. A priori, il n'était pas suivi. Alors, il se mit à marcher. D'expérience, il savait qu'il fallait partir d'un pas régulier afin de tenir la distance. Quand l'aube se leva, Khan accéléra néanmoins, les yeux rivés sur les sommets blancs qui s'affichaient devant lui, les derniers contreforts aigus de l'Himalaya. Peu d'hommes se risquaient à couvrir ces étendues seuls, que ce soit à pied ou à cheval. Cependant, à cinquante ans, le physique sec, il cachait une musculature efficace : il avait une étonnante résistance et, pour lui, ces escapades tenaient du ressourcement, car il avait besoin de poser son regard sur les immensités du Wakhan. Afghan, il avait quitté à quinze ans cette région excentrée, une excroissance peu connue de son pays. Il habitait maintenant une zone

---

[1] Shalwar kameez : longue tunique afghane traditionnelle
[2] Il s'agit de l'un des postes-frontières les plus élevés du monde.

34

civilisée de la nouvelle route de la Soie, une région qui tentait de raviver un passé foisonnant, où l'Afghanistan était au cœur d'échanges culturels, mais également de marchandises. D'un tempérament dur, Khan était connu pour son sens de la justice poussée à l'extrême, une justice revisitée à sa façon… Officiellement, il était exportateur de minerais ; lors de ses voyages d'affaires, principalement en Chine, il diversifiait volontiers son activité : toute demande un tant soit peu solvable était recevable, fût-elle légale ou non. Et le fait qu'il connût des itinéraires à travers le Wakhan comprenant des passages clandestins vers la Chine était un avantage indéniable pour le bon déroulement de ses affaires. Ce corridor était situé dans la région montagneuse du Pamir, qualifiée de « toit du monde » ; à son extrémité orientale, le col du Wakhjir[2] permettait de franchir la frontière à l'altitude de 4 923 mètres. C'était un no man's land si reculé que les habitants continuaient à vivre essentiellement du troc. Khan ne craignait pas de l'affronter malgré ses longueurs décourageantes et ses paysages lunaires.

Malgré la fatigue, il ne s'arrêta qu'au milieu de l'après-midi. Depuis plusieurs heures, il en était au point où son corps n'était plus qu'une machine, où chaque pas confirmait son épuisement. Il décida qu'il était nécessaire de faire une pause. De toute manière, il avait pris soin de sortir des sentiers battus afin de ne croiser personne et d'éviter soigneusement son village natal. C'est à ce moment-là qu'il remarqua les taches de sang sur son shalwar kameez. Il n'avait pas l'habitude de porter l'habit recommandé par les talibans : il était même devenu un militant contre ce régime… Trois ans auparavant, son fils avait trouvé la mort en rejoignant une milice talibane. Khan avait localisé certains d'entre eux dans sa région natale. Fort d'une première victoire, il organisait depuis un an la surveillance d'un camp. Pas de chance pour eux, à cet endroit-là, il était en terrain connu, et pour cause : adolescent, il en avait incendié la mosquée. À l'époque, elle drainait toute la contrée. On ne l'avait jamais reconstruite, et, en deux décennies, les habitants s'étaient disséminés. Certains étaient partis pour Kaboul après le départ des moudjahidines, croyant que la paix s'instaurerait. D'autres s'étaient installés dans des villages plus hospitaliers. Pendant deux jours, Khan s'était caché dans le sous-sol de la mosquée pour épier ses futures victimes. Il savait qu'elle était construite sur une crypte, élément incongru en ce lieu. Malheureusement, l'un des talibans avait, contre toute attente, élu domicile au sein des ruines noircies par ses flammes. Khan avait dû rester enfermé. Il l'avait finalement tué dans son sommeil, avec un couteau américain, afin de détourner les soupçons. Puis il avait fui, dépité cependant de ne pas avoir eu le cran de les exterminer tous.

Il frotta ses mains et son habit avec de la terre : sa gourde était vide. Il ne s'en était pas encore inquiété, car il connaissait des points d'eau en contrebas, dont il en contempla le scintillement. Des touffes de végétation adoucissaient l'aridité des sols recouverts le plus souvent de sable, de pierres, voire de glace. Son regard suivit les courbes de la vallée et remonta vers les mamelons et les cassures infinies de ces chaînes montagneuses qu'il s'apprêtait à quitter… ce qui eut pour effet de le ramener à la réalité : il songea au déshonneur qui s'abattrait sur sa femme, Nahid, si on l'arrêtait. Enfin, qu'importait. Bientôt, elle se détournerait de lui, il le savait, car il n'avait pas su protéger Mohammed.

La jeune femme lui avait été présentée en paiement d'une dette. Un différend concernant un contrat non honoré : une carrière de minerais transformée en un ensemble immobilier à son insu par un partenaire afghan véreux, alors qu'il se trouvait en pleine négociation avec la Chine. Les Chinois voulaient l'acquérir pour l'exploiter ; Khan avait demandé réparation. On lui avait proposé une femme en âge de se marier. À l'époque, Khan était bien décidé à en faire bon usage : dans son entourage, la plupart des femmes étaient asservies. Il n'avait pas prévu que Nahid lui rappellerait tant sa cousine. Celle-là même pour qui il avait incendié la mosquée. Incapable de la maltraiter, il lui avait même fait une cour assidue.

Il se releva après avoir avalé ses derniers vivres. Dans quelques heures, il quitterait les flancs noirs et caillouteux pour rejoindre un village nomade. Peu d'officiels connaissaient ces émanations disséminées du peuple kirghize : situées sur des plateaux isolés, les yourtes précaires se confondaient avec les terres ocre et l'herbe rase. Ainsi, il pourrait s'y abriter en toute discrétion.

Trois jours plus tard, revêtu d'un costume cravate, Khan retourna à ses activités d'homme d'affaires, indispensables pour avoir accès à la haute technologie dont il avait besoin : ses frappes chirurgicales n'étaient décidément pas assez efficaces. À ces talibans qui avaient embrigadé son fils, il livrerait une autre bombe de sa confection. Il avait découvert l'emplacement de leur nouveau quartier général ; pour le détruire, il lui restait à se procurer un second drone… Son appartenance à une organisation franco-afghane lui faciliterait les choses.

L'enfer est pavé de bonnes intentions

Mahdi Khan rentra chez lui épuisé : un trajet à Paris juste pour obtenir un visa, quelle perte de temps !

— Qu'est-ce que tu croyais ? Qu'avec notre nom, on te laisserait représenter la France comme n'importe quel Français ? Tu te berces d'illusions, mon ami, se moqua sa femme.

— Serait-il possible, Asima, d'éviter les disputes ce soir ? rétorqua Mahdi.

Mais elle poursuivit :

— Il va falloir te résoudre à admettre que notre pays d'accueil n'est pas aussi hospitalier qu'il y paraît.

Mahdi fut à deux doigts de lui rappeler les épisodes douloureux qui les avaient convaincus de fuir l'Afghanistan : le temps où elle s'habillait en homme et où elle portait en public un nom masculin, afin qu'elle et ses sœurs pussent effectuer leurs courses – du jour au lendemain, les talibans avaient interdit toute sortie aux femmes non accompagnées par un homme de leur famille. Il se retint. Asima étant enceinte à ce moment-là, elle avait vécu un véritable calvaire. De plus, ce qui rendait sa femme acariâtre ces derniers mois était la transformation inattendue de leur fille de 17 ans maintenant, Lina. Celle-ci portait le voile depuis peu. « C'est notre religion », avait-elle décrété devant ses parents abasourdis. Pourtant, Mahdi et Asima avaient pris soin d'inscrire leur fille dans une école laïque quand ils s'étaient installés dans la Beauce. Étudiants à Kaboul, ils avaient bénéficié d'une bourse franco-afghane et étaient restés en France pour accomplir des études d'agronomie. Après l'obtention de leurs diplômes, ils avaient acquis la nationalité française et s'étaient spécialisés dans l'utilisation de drones : les agriculteurs commençaient à s'en servir pour cartographier leurs champs. Quelques années plus tard, ils avaient créé un système permettant d'analyser dans l'air la présence de micro-organismes nocifs pour les cultures.

Mahdi préféra éluder le sujet.

— Mon dossier était dans une bannette, avec d'autres. Il n'avait même pas été ouvert.

Il ajouta :

— Je n'avais pas mis mon nom dans l'adresse d'expédition. Ce n'est donc pas pour cela qu'il n'a pas été traité.

Impitoyable, sa femme renchérit :

— Ah, tu vois : toi non plus, tu n'y crois pas, sinon tu aurais indiqué ton nom !

Mahdi n'eut pas besoin de se faire préciser les pensées d'Asima. Depuis leur arrivée, la famille Khan avait certes bénéficié de mouvements de sympathie, mais aussi subi une forme de racisme « ordinaire ». Par exemple, le regard de leurs voisins était devenu fuyant lorsque les journaux avaient relaté l'expulsion d'un Afghan d'un proche village.

Progressivement, Asima avait cessé de croire à la bienveillance de la France à leur égard et le couple se querellait de plus en plus souvent à ce sujet. Ils avaient choisi ce pays alors que la plupart des étudiants scientifiques étaient partis aux USA. Ils avaient pensé qu'ils trouveraient ici plus qu'ailleurs la reconnaissance des droits du peuple afghan. Leurs familles y avaient cru aussi et y croyaient peut-être encore : le père d'Asima racontait inlassablement le voyage qu'il avait fait au Parlement de Strasbourg au printemps 2001 avec Massoud pour assister au dépôt d'une résolution condamnant la décision des talibans de détruire les statues de Bamiyan. Après l'écroulement de ces monuments vieux de quinze siècles, les députés avaient non seulement demandé le respect de la tolérance religieuse et culturelle, mais aussi réitéré leur soutien aux Afghans. Ils avaient exprimé leur « vive indignation face à cette offense sans précédent à la civilisation ». Une femme avait même dénoncé « un régime apparemment désireux de nous catapulter au Moyen Âge ». De là était née l'OFART, l'Organisation Franco-Afghane de Résistance contre les Talibans, dont Asima et Mahdi avaient accepté de devenir des membres actifs. Le père de Mahdi, lui, ne pouvait plus en parler. Il avait été tué peu après l'assassinat de Massoud, quelques jours après son retour au pays. Il venait de persuader Habib, le frère de Mahdi, d'inscrire son fils dans une école franco-afghane de Kaboul.

Malheureusement, treize ans plus tard, l'insécurité régnait toujours en Afghanistan. Même l'armée du pays craignait de circuler dans les alentours de Kaboul. Alors, quand Asima se plaignait de la France et de l'Occident qui leur avaient fait miroiter de faux espoirs, Mahdi opposait des ripostes de plus en plus maladroites.

— Ce n'est pas parce que la France se méfie de nous qu'on doit la rejeter en bloc, essaya-t-il.

— Maudit pays. C'est bien ici et pas ailleurs que Lina a décidé de porter le voile !

Lina… Il se souvint de ses questions quand ses amies

se rendaient au catéchisme, pratique courante, même pour des enfants inscrits à l'école laïque. Elle, elle restait à la maison pendant ce temps. Il lui avait simplement expliqué qu'il ne voulait plus de religion, car elle pouvait faire beaucoup de mal, notamment aux filles. Même pas, surtout pas, leur religion d'origine, dévoyée par les dictateurs de leur pays. Chez eux, pas de commémorations musulmanes telles que l'Aïd el-Kébir[1]. Asima les avait remplacées par des traditions perses considérées comme païennes, en particulier la fête de Norouz[2]. Au contraire du calendrier arabe, lunaire, le calendrier persan était solaire, ce qui confortait Asima dans l'idée que ces traditions portaient de la joie. Pendant le dernier mois, le mois d'Esfand[3], la famille Khan se préparait en opérant un grand nettoyage et s'achetait des fleurs. À l'occasion de la fête de Norouz proprement dite, ils enfilaient de nouveaux habits – Mahdi et Asima omettaient alors tacitement de signaler à leur fille que les musulmans avaient cette même coutume pour la rupture du jeûne. Et, ils disposaient sur la table les « Haft Sîn[4] » : Asima aimait particulièrement déposer les sabzeh, germes de blé, d'orge ou de lentille qu'elle faisait pousser dans un plat. Asima et Mahdi avaient espéré que ces fêtes, qu'ils partageaient parfois avec d'autres, permettraient à Lina de se construire une belle image de leur pays d'origine tout en lui donnant une

---

[1] Fête du sacrifice du mouton, en rappel du sacrifice (empêché) du fils d'Ibrahim (Abraham pour les juifs et les chrétiens).
[2] Nouvel An issu de l'une des premières philosophies monothéistes, fondée par Zarathoustra
[3] Correspond à fin février, fin mars
[4] Les Haft Sîn (les sept 'S') sont sept objets dont le nom commence par la lettre S, correspondant aux sept créations et aux sept immortels censés les protéger.

forme de spiritualité.

Ils n'avaient pas vu – ou n'avaient pas voulu voir – que, pour la jeune fille, cela ne suffisait pas. Quand, à l'adolescence, elle avait commencé à refuser de faire la bise à des garçons, ils n'avaient rien dit. Elle avait prétexté, que dans d'autres cultures, la culture américaine par exemple, cela ne se faisait pas. Elle avait aussi changé sa façon de s'alimenter et avait cessé d'écouter de la musique. Des amis leur avaient rapporté qu'elle ne dansait avec aucun garçon aux soirées. Ils savaient pertinemment qu'elle agissait ainsi afin de suivre des préceptes musulmans, cependant ils avaient pensé que ce n'était qu'une passade.

Mahdi soupira. Il se sentait tellement impuissant.

Asima s'éloigna. Elle était belle. Chez eux, elle portait un sari mauve. Les bandes de soies incrustées, discrètes, rendaient le tissu précieux et soulignaient admirablement ses formes. Mais sa grâce cachait un endurcissement latent.

Il se remémorait souvent le moment où Habib, son frère, avait annoncé qu'il avait « fauché » des talibans. Cela datait de deux années en arrière. Asima avait demandé des précisions à son beau-frère. Habib avait souri avant d'ajouter doucement : « C'est vous qui me l'avez donné, le moyen de détruire une poche puante où se logeaient, impunis, des ermites prêchant la bonne parole à des jeunes en quête d'absolu. Le drone, Asima, l'instrument que vous perfectionnez pour quelques agriculteurs, cet objet du futur, a des ressources insoupçonnées. C'est d'ailleurs avec lui que les Américains sont arrivés à maintenir les talibans à distance. Malheureusement, ils n'ont pas terminé le travail. » Les autres membres de l'OFART s'étaient insurgés contre ces propos, rejetant sans concession l'arbitraire de ce geste déshumanisé, même s'il était tourné contre leurs ennemis. « En faisant justice par nous-même, nous nous comportons comme des bêtes », avait commenté l'un d'eux. Asima, elle, avait à peine tiqué.

2e partie

Récréation

Benjamin arrivait par une route surplombant le village
dans lequel habitait Tanya Merbès. Il en admira les toits
qui descendaient vers des ruelles tortueuses et se
regroupaient en des îlots irréguliers de couleurs. Il trouva
facilement sa maison, située derrière l'église. On ne
pouvait pas manquer le fronton à colonnes qu'elle lui
avait indiqué.

Une femme portant un tablier lui ouvrit la porte. Son
col blanc avait quelque chose d'incongru à la base de son
cou puissant. La trentaine, trapue, ses cheveux noirs mi-
longs encadraient un visage au regard déterminé. Elle le
conduisit sur un parquet ciré d'un pas martial. Le couloir
se prolongeait jusqu'à un salon lumineux, entre pierres de
pays, linteau épais en bois et baies vitrées. Pas de canapé,
des fauteuils saumon et une table aux fines
marqueteries : ce lieu était un passage intime et féminin.
Derrière les interstices d'un store en bois, il aperçut une
terrasse de pierre puis les contreforts d'une église romane.

Tanya l'attendait dans un recoin. Elle se leva :

— Vous nous amènerez des rafraîchissements, Louisa,
ordonna-t-elle, en tendant la main à Benjamin.

Il la serra avec aplomb.

— Schweppes ? Whisky ? lui demanda-t-elle, en lui
indiquant l'autre siège d'un geste.

Elle portait une robe rectiligne. D'apparence simple, elle se maquillait avec précision et parcimonie. Sa peau, uniforme, ne laissait voir aucune marque de fond de teint. Les reflets auburn de sa coupe au carré devaient cacher quelques cheveux blancs. Cependant, les mouvements de sa fine chevelure animaient avec grâce un visage ovale évoquant un pays slave.

Tanya lui parla d'abord de son parcours. Benjamin l'écouta sans ciller, ce qui, chez lui, était inhabituel. Il sut qu'elle avait d'abord travaillé chez Buleo – avant que lui-même y fût embauché ; puis, elle avait grimpé les échelons d'une PME. Enfin, elle avait brillé dans le sillage d'un politique désireux de percer dans la grisaille du paysage politique français, ce qui l'avait ramenée à Buleo et à son projet Junction. Benjamin fut étonné par le naturel de cette femme et avec quelle finesse d'esprit elle analysait sa propre réussite.

Elle proposa de passer à table et l'entraîna dehors.

Benjamin dut se rendre à l'évidence : il était le seul invité. Il s'en sentit gêné. À l'aise en société, il redoutait plus que tout les tête-à-tête, surtout s'ils viraient au sentimental. Ce qui d'ailleurs compliquait ses éventuelles relations amoureuses...

Une femme pourtant l'avait ému : elle avait cherché à le comprendre et lui avait donné tout ce qu'elle pouvait. À vrai dire, très peu. À sa demande, il avait dû s'éloigner d'elle. Américaine, elle était d'une beauté époustouflante. Du moins, c'est le souvenir qu'il en avait. Depuis, par dérision, il avançait à qui voulait l'entendre que les plus belles femmes étaient américaines. Personne de son entourage, même pas Steve, son ami américain, ne savait à qui il songeait. Mais son postulat coupait court à tous les débats portant sur les relations intimes, discussions qui l'ennuyaient. Ses amis en avaient déduit qu'il avait laissé son cœur aux USA, ce qui n'était pas loin de la réalité. Ils évitaient de l'écarteler davantage : la relation amoureuse était ainsi l'un des rares sujets que l'on hésitait à débattre avec lui.

Une fois dehors, la chaleur les fouetta. Cependant, on sentait déjà les prémices de la douceur de fin de journée. Ils s'engagèrent sur une terrasse, puis descendirent quelques marches de pierres calcaires du causse : elles arboraient des tons rouge ocre et étaient assemblées sans aucun liant, ce qui apportait un charme indéniable à ce lieu cossu. La table, immense, était placée sous une tonnelle de fer forgé, encore recouverte d'une végétation insolente pour la saison. Benjamin remarqua une assiette de plus en bout de table.

— Ma fille viendra manger avec nous, commenta Tanya simplement. J'avais invité deux de vos collègues, mais ils ont décliné.

Sa fille ? Il ne sut que répondre.

Bientôt, il perçut un bruit sourd derrière lui. Des roulettes peut-être. Benjamin n'osa pas se retourner par politesse. Cependant, il eut l'impression qu'un meuble était déplacé.

— Stella doit rester allongée pour que sa hanche se reconstitue correctement et puisse de nouveau accueillir son fémur, expliqua la maîtresse de maison.

— Bonjour monsieur, entendit-il.

Benjamin se leva précipitamment et se prit les pieds

dans les pattes d'un grand chien à poils longs. Il fut sidéré par l'apparition : une enfant-princesse, vêtue de brocarts, trônait dans les draps blancs d'un lit mobile. *Clic clac* : Louisa le descendit d'un cran et il fut glissé sous la table. Tanya sourit, puis, d'un geste, elle indiqua à Louisa d'éloigner le chien. L'enfant se présenta alors et il tendit une main en s'inclinant légèrement. En réalité, il ne parvenait pas à détacher son regard du diadème fiché dans ses cheveux et il la prit d'abord pour une gamine prétentieuse qui se pâmait. Tanya répéta brièvement que sa fille devait rester allongée à cause d'une anomalie de croissance de sa hanche.

— L'os de ma jambe est devenu tout mou au bout. Il faut que j'attende encore un peu pour faire marcher ma jambe, compléta la fillette.

— Un peu rebelles, ces os ? Une fois qu'ils auront fini de jouer, ils se mettront en ordre, j'en suis sûr ! plaisanta Benjamin, déconcerté.

La mère fronça les sourcils ; Stella sourit. Son nez, un peu aplati, sa peau blanche et ses yeux en amande composaient un visage doux aux traits réguliers qui contrastait avec son regard perçant. Du haut de ses neuf ans, elle était curieuse et avait un sens de l'observation très poussé : elle se mit à lui décrire en détail sa maladie.

Il fut étonné de l'aplomb qu'elle affichait malgré sa situation pour le moins inconfortable.

— Dis-moi, tu es gâtée : une robe de princesse...

— Péruvienne, compléta Stella.

— Péruvienne, tu m'en diras tant, répondit-il en se raclant la gorge. Je ne savais pas que les princesses péruviennes portaient des robes incrustées d'or.

Tanya coupa court et reprit les rênes de la conversation. Benjamin se rassura en notant que son attitude ne contenait pas la moindre trace de romantisme. Son hôtesse ne montrait que peu d'émotion, même si elle l'encouragea à déployer son humour : il le mania avec dextérité et empathie. Plusieurs fois, il fit mouche, il en était certain ! Pas d'évocation non plus de sa vie privée. Tout au plus, il apprit que son ex-mari était un homme de pouvoir. Benjamin devint prolixe comme à son habitude. Il s'aperçut trop tard qu'il subissait en fait un interrogatoire subtil, mais inquisiteur. Tanya plissait le front en se concentrant et le menait où elle voulait. Stella, de son côté, s'appliquait à manger le plus dignement possible. Il l'observa à la dérobée. Elle semblait ne pas remarquer ce que sa tenue avait d'extravagant.

Ils furent interrompus par un appel téléphonique provenant du petit salon où il avait été accueilli. Tanya se leva pour répondre et revint, enfiévrée. Étrangement, c'est à sa fille qu'elle s'adressa en premier :

— Désolée : il faut que j'y aille.

Puis, elle ajouta à l'intention de Benjamin :

— Le secrétaire d'État veut me voir, je n'ai pas le choix.

Le secrétaire d'État ! Il se souvint que, dans la présentation de Lebec, le mot « ministère » était apparu plusieurs fois dans les diapositives. Il comprit soudainement que le programme Junction était mené par l'État français ; il ne s'agissait pas d'un projet de Buleo, mais d'un projet de la France. Les dés étaient pipés : *Buleo n'était que l'exécutant d'un projet déjà élaboré.*

Quant à eux, les ingénieurs, leur liberté d'action serait réduite à la portion congrue. Tanya, en revanche, disposait d'informations qui nourrissaient sa belle assurance, son aisance à communiquer.

Le coupant dans ses réflexions, elle conclut :

— Je suis contente d'avoir fait plus ample connaissance avec vous. Votre expérience de par le monde est précieuse pour la société. Encore toutes mes excuses pour ce contretemps.

Elle le fixait intensément. Cette femme magnifique semblait véritablement s'intéresser à lui. Mais elle ne fut pas gênée de le planter là ; il eut à peine le temps de se lever pour lui dire : « *Non, ça n'est pas grave, je comprends* », qu'elle était déjà partie en précisant qu'elle allait demander à Louisa de bien s'occuper de lui.

Il resta un instant debout, songeur, plus touché qu'il ne l'aurait cru par ce départ impromptu.

— Maman a des obligations, il faut l'excuser.

Benjamin tourna la tête, ahuri. La petite lui parlait tranquillement, de son lit. Quand elle bougeait, des paillettes cousues sur son habit scintillaient. Elle venait de poser méthodiquement ses couverts de part et d'autre de l'assiette et attendait que Louisa servît la suite du repas.

— Vous êtes sûr que les princesses péruviennes ne portaient pas de robe dorée ?

— Pardon ?

Le chien revenait ; il s'allongea à côté de sa jeune maîtresse.

— Vous vous y connaissez, vous, en princesse péruvienne ?

— Pas vraiment, je dois dire.

Il la regarda et surprit sa déception. Il ajouta alors :

— Je connais une légende d'une princesse inca. Tu voudrais l'entendre ?

Elle acquiesça et il vit dans ses yeux qu'elle se concentrait.

Benjamin rapportait son histoire de la Vallée Sacrée, près de Cuzco, au Pérou. Luis la lui avait contée un soir, les pieds dans le vide, avec une vue sur les terrasses cultivées et les pitons rocheux verts et râpeux. L'ingénieur, passionné par le savoir encyclopédique du Péruvien, en avait retenu tous les détails : la princesse Inkil Chumpi, punie pour son impatience, l'avait séduit... Il raconta à Stella pourquoi elle avait été transformée en pierre : elle n'avait pas pu se retenir d'observer son prétendant tandis qu'il accomplissait la tâche colossale qui lui permettrait d'obtenir sa main. Elle en avait pourtant reçu l'interdiction formelle des esprits de la montagne. Le jeune homme avait alors disparu dans les flots turbulents du fleuve ; la princesse, pétrifiée, fut condamnée à contempler pour l'éternité la vallée de ses ancêtres. L'alliance entre les habitants de la région et les peuples de la jungle s'en trouva irrémédiablement compromise.

— Qu'est-ce que c'est, une « tâche colossale » ? demanda Stella.

— Le prétendant devait construire un pont en une seule nuit au-dessus de la vallée et, ensuite, gravir une montagne afin de prier pour demander la protection des dieux.

Benjamin répondit à toutes ses interrogations ; il n'avait jamais eu autant de succès. Pourtant, il aimait raconter cette légende depuis qu'il était parti du Pérou, plus de dix ans auparavant.

Stella poursuivit :

— Maman m'a dit que vous étiez un globe-trotter.

— Oui, c'est vrai.

— Vous pouvez m'expliquez ?

— Eh bien…

Il la dévisagea.

— Qu'est-ce que c'est, un globe-trotter ? répéta-t-elle.

Il hésita. Il ne savait pas trop comment s'exprimer, n'ayant pas l'habitude des enfants. Mais un tourbillon de questions animées d'une curiosité insatiable s'abattit sur lui. Il se laissa prendre au jeu avec plaisir. Stella explora ses souvenirs avec application : le Pérou, les États-Unis, la Chine, l'Italie. Elle se glissait dans ses pas avec délectation. Le contact avec les Péruviens, les coutumes, les couleurs, les paysages, les villes, les villages perdus, elle voulait tout savoir. La petite ne s'arrêta que pour répondre aux propositions de Louisa. Il songea alors à sa propre impétuosité au contact de sa tante fantasque. Comme Stella, il avait voulu découvrir le monde. Vraiment.

Soudain le clocher de l'église sonna. La fillette se tut. Derrière eux, une fontaine ponctua le silence. Benjamin avait déjà mangé le dessert et Louisa resta un moment après avoir débarrassé, comme pour lui signifier qu'il fallait qu'il partît. Devant le regain de la volubilité de la fillette, elle battit en retraite.

— On ne s'ennuie pas avec toi, glissa doucement Stella quand ils furent de nouveau seuls.

— Tu n'as donc jamais voyagé ?

— Oh si, beaucoup. Seulement, depuis deux ans, je dois rester comme ça.

Elle montra son bassin et ses jambes immobiles.

— Mais alors... que fais-tu de tes journées ?

Stella hésita puis dit d'un ton morose :

— Ma mère a fait installer un écran géant dans ma chambre. Et je prends des cours de guitare en plus de l'école à domicile.

— Génial, répliqua Benjamin d'un ton peu convaincu.

— Parfois, mes parents m'organisent une sortie.

— Ah.

— Enfin, en ambulance.

— Évidemment... J'espère qu'au moins tu as droit à un tour avec les gyrophares ?

Stella lui délivra un sourire entendu :

— Une fois. Mais au bout de cinq minutes, ma mère a demandé au chauffeur d'arrêter son cirque.

Il ne commenta pas, il semblait réfléchir. En soupirant, Stella décréta :

— Bon allez, il va falloir que tu y ailles. Je n'ai rien de mieux à te proposer qu'un match de foot sur mon écran de géant.

Cette petite a du caractère, estima-t-il, amusé.

— Et dans le village, tu es déjà allée te promener ?

Elle baissa la tête :

— Tu n'as pas compris...

— Si. Tu ne peux pas te lever, ok. En revanche, ton lit doit pouvoir sortir d'ici ?

Lorsqu'elle saisit ce qu'il était en train de dire, son visage s'éclaira d'une joie impatiente :

— Derrière moi, au fond du jardin, il y a un portail.

C'est là que l'ambulance vient me chercher.

— Il est fermé à clef ?

— Oui, mais Louisa les a.

Stella se rembrunit :

— Elle ne voudra jamais.

Quand la jeune femme revint, Benjamin la félicita pour sa cuisine. Débonnaire, il engagea la conversation. Robuste et masculine, la gouvernante avait peu l'habitude d'être abordée. D'un naturel simple et efficace, elle se méfiait peu. Elle décrivit son village au Portugal. Les maisons blanches, les fleurs en crépon fixées en guirlande entre les rues pendant l'été, et le ruisseau qui coulait dans l'océan. Le mois qu'elle y passait en hiver. La joie de se retrouver en famille. Il la laissa parler. Puis soudain, il énonça, comme si c'était la suite logique de cette délicieuse soirée :

— Stella se demandait si elle n'irait pas se promener dans le village.

— Comment ? rétorqua Louisa, ahurie.

— Je voulais lui faire faire un petit tour, expliqua-t-il. Je crois qu'elle s'ennuie beaucoup dans son lit.

— Oh oui Louisa, s'il vous plaît, s'il vous plaît ! renchérit l'enfant.

Ils peinèrent à argumenter jusqu'à ce que Stella indiquât son souhait de voir l'église de près :

— Peut-être que je pourrais même entrer dedans.

Louisa s'appliquait les préceptes de la religion catholique avec une telle ferveur qu'elle en avait fait fuir ses quelques prétendants. Sa flamme avait été ranimée par une franche réprobation du culte protestant bien enraciné dans la région. Le boucher racontait encore comment elle avait, en plein marché, pris la défense de la Sainte Vierge contre ceux qui voulaient manifestement la détrôner. Offusquée par la place du pasteur – relégué pour elle à celle d'un vague conseiller –, elle se faisait par ailleurs un point d'honneur à répondre aux moindres demandes du curé du village. Elle se rendait chaque jour à l'église, au moins pour effectuer un signe de croix trempé d'eau bénite. Alors, quand sa jeune protégée émit le souhait de s'approcher de l'église, Louisa y vit un signe favorable pour sa guérison tant attendue. Finalement, elle accepta de rapporter la précieuse clef. Elle donna même un peu d'aide, en maugréant, pour engager le lit sur le chemin. Puis elle retint le chien qui menaçait de partir avec eux.

— Vous faites juste un petit tour, hein ? Sinon, Madame va être furieuse…

— Ne vous inquiétez pas, Louisa, on sera sage, promit Stella, les yeux brillants d'impatience.

***

Quand ils s'échappèrent et que Benjamin donna une impulsion au lit en s'arc-boutant, Stella cria, les bras ouverts :

— Waouh !

Les paillettes de sa robe brillèrent sous la lumière d'un lampadaire. Ils longèrent l'église, s'engouffrèrent dans une petite route, au hasard, la lune devant eux. Au fond, le feu passa au rouge. Benjamin ralentit, mais passa outre et tourna à droite. Comme ils se trouvaient sur la chaussée, une voiture, surprise, klaxonna. Plus loin, il immobilisa le

56

lit, juste devant un chat qui miaula d'effroi. Benjamin et Stella furent ainsi pris d'un fou rire communicatif, ce qui déclencha des protestations :

— C'n'est pas bientôt fini, tout ce barouf ? s'indigna une voix masculine avec colère.

Ils s'éloignèrent en pouffant.

— Arrête-toi, réclama soudain la petite fille.

Autour d'eux : une boulangerie, un salon de coiffure, une boucherie… Stella en avait entendu parler ; elle n'y était jamais entrée. Elle était arrivée en ambulance dans le village. Alors, elle lui demanda d'approcher le lit, au plus près. Un peu plus loin, ils croisèrent une femme enveloppée dans un manteau. Elle fumait une cigarette, les pieds nus sur l'asphalte. Ils ne rencontrèrent personne d'autre. Le village n'avait qu'un bar, fermé le soir. Et de toute façon, sa population était vieillissante.

Ils aboutirent à un endroit dégagé : ils admirèrent au loin le village de Prabès et au-dessus, les contreforts des Cévennes qui se découpaient dans le ciel.

La fillette resta silencieuse puis s'enquit :

— Et là-bas, tu connais ?

Benjamin s'assit au bord du lit.

— Là-bas, c'est Saint-Christophe, puis Prabès, expliqua-t-il.

Il lui décrivit les coutumes de Prabès, ses moutons, ses fêtes, ses espoirs, l'histoire qui collait à ses murs et lui parla du « puech » : le mamelon qui le surplombait et qui menait aux estives.

— Quand j'étais jeune, mes amis me disaient que j'étais le roi du monde là-haut !

— Sympa, fit Stella doucement.

Ils rentrèrent en silence en passant par l'église : comme il y avait une rampe pour handicapés et que la porte n'était pas fermée à clef, ils y pénétrèrent sans peine.

Quand ils arrivèrent en vue du portail de la maison des Merbès, Louisa les attendait. Benjamin poussa le lit jusqu'à la chambre et lui demanda de laisser dormir la fillette.

— Elle n'est même pas en pyjama, protesta la jeune femme.

— Trop tard, elle dort. Laissez-la. Ce soir, elle a oublié un peu ses os qui ne veulent plus se recoller comme il faut.

Il jeta un dernier regard à Stella, endormie, la collerette de sa robe enfoncée dans la joue.

Pas les écoles

— Vous semblez préoccupée, Tanya.

Les lèvres épaisses du secrétaire d'État laissèrent échapper un sourire ironique. La jeune femme s'en défendit et poursuivit son rapport en détendant ses muscles. Elle avait été convoquée la veille à son domicile et avait passé la nuit dans la chambre jaune. Le majordome savait qu'elle s'y trouvait bien. Elle se sentait sûre d'elle. Elle avait rencontré la plupart des ingénieurs de Buleo et grâce à ses relations, et à ses interrogatoires finement menés, elle avait évalué leur capacité et leur volonté à se fondre dans le projet du Junction. Ensuite, avant de rejoindre Garnier aux aurores dans son bureau, elle avait soigné son maquillage et ajusté ses vêtements.

En sortant, elle se félicita de son travail. Elle avait établi une synthèse de la situation : le haut fonctionnaire était maintenant averti des réticences qui s'annonçaient. Elle passa machinalement la main sur le front, écartant une pensée parasite. Peut-être aurait-elle dû aussi évoquer les mises en garde de Benjamin Delmas. Il y avait une énigme dans son comportement, mais il faudrait qu'elle l'explorât avant d'en parler : il s'agissait d'un personnage clef de l'ingénierie de Buleo... Alors que son regard se perdait dans le paysage de la fenêtre de la voiture qui la ramenait, elle rangea ses lunettes de soleil dans son sac à main, songeuse.

***

Pendant la semaine qui suivit, l'intervention de

Benjamin sur d'éventuelles failles de sécurité lui valut d'être entendu par les experts parisiens. Tanya assista aux entrevues. L'ingénieur partagea ainsi avec elle d'intenses moments professionnels. Il se montra coopératif.

Également, le cahier des charges s'affinait. Quelques avancées notables furent consignées chez Lebec : celui-ci composait, sur un immense tableau couvrant l'un des murs de son bureau, une sorte d'œuvre impressionniste où des hiéroglyphes, plus ou moins compréhensibles, s'alignaient vers un point convergent.

Et, du côté de la programmation du Junction, l'équipe de Benjamin était parvenue à contrôler de nouvelles causes de sortie de dronavenue. Ensuite, il s'agirait de rendre le drone capable d'analyser les images 3D reçues de la caméra, puis de trouver l'itinéraire qui éviterait toute collision. S'il détectait un obstacle, il fallait que sa trajectoire, calculée grâce au GPS, fût immédiatement déviée.

Le vendredi, la réunion hebdomadaire fut collective et les ressortissants du ministère dévoilèrent l'allure du modèle choisi : un drone mi-avion mi-hélicoptère qui déployait ses ailes une fois en l'air pour accélérer. Grâce à ses quatre hélices, il pourrait décoller et atterrir à la verticale. Capable d'atteindre une vitesse de 70 km/h, le petit aéronef serait alimenté par une batterie rechargeable lui permettant de couvrir une distance de trente kilomètres. Et il répondrait aux seules instructions de la commande initiale, éventuellement ajustées aux aléas propres à son itinéraire… Cette fois-ci, Benjamin décida d'agir : *En omettant d'y introduire un moyen de reprendre la main sur l'engin, Buleo prenait un risque considérable !* En sortant de l'amphithéâtre, il proposa spontanément son aide à son homologue chargé des systèmes anti-piratage. Malgré tout ce que l'on cherchait à faire croire, il doutait que, dans l'état actuel de leurs connaissances, le Junction pût se prémunir de ce danger. Son interlocuteur accepta du bout des lèvres et s'éloigna.

Puis Benjamin resta encore un moment pour émettre son avis sur l'avancée trop rapide du projet. Certes, le travail des uns et des autres était examiné minutieusement : l'équipe parisienne était attentive et incluait sans rechigner des changements dans la conception du Junction ou des dronavenues. Il avait même été question de considérer une lubie d'un passionné de Léonard de Vinci persuadé que le savant devait jouer son rôle dans l'aventure. Cependant, certains s'inquiétaient d'une mise en application précipitée : deux chantiers de dronavenue avaient démarré précocement dans des villes pilotes et de nombreux prototypes aux allures bancales étaient déjà testés sur la piste d'essai. Fort de ses échanges privilégiés avec l'équipe d'experts, il se fit le rapporteur de ses collègues. Mais là, on lui signifia qu'il se mêlait de ce qui ne le regardait pas. L'ingénieur s'éloigna.

Pris dans ses pensées, Benjamin ne remarqua pas que Tanya le rattrapait sur les marches de l'escalier conduisant à son préfabriqué. Il était le dernier à regagner les bureaux éphémères des équipes dédiées au Junction. Il sursauta quand elle l'aborda. Pourtant, il connaissait le bruit caractéristique qui annonçait son arrivée dans ses quartiers. Ses talons créaient une note aiguë sur la structure métallique. Elle voulait lui parler de Stella : sa rentrée des classes ne l'avait pas sortie de son lit ; elle l'aurait cependant bien quitté, elle, ce maudit témoin moelleux de ses incapacités.

— Passez donc la voir, elle vous réclame, lâcha la femme d'affaires devenue mère.

Stella lui rebattait les oreilles pour qu'elle fît revenir Benjamin : la veille encore, la petite avait réitéré sa demande. Pourtant, Tanya était restée un long moment avec sa fille, tâchant de s'intéresser à son nouveau costume de Minnie, le dernier personnage de bande dessinée qu'elle voulait incarner. Mais Stella n'en démordait pas. Tanya avait fait valoir que leur promenade en lit en pleine nuit était un enfantillage dangereux pour sa hanche : « … Et puis tu comprends, ma chérie, si les journaux s'emparaient d'une histoire pareille, cela pourrait causer des dégâts.

— Oui, je sais : papa, monsieur le secrétaire d'État ou bien encore tes dronavenues se passent de ce genre de publicité, avait récité la fillette. Ne t'en fais pas, maman : je lui demanderai juste de me raconter ses voyages. »

En se remémorant ces propos, Tanya jeta un regard chargé d'espoir à Benjamin. Celui-ci, la main sur la poignée de la porte, la regardait avec étonnement, surpris par son changement d'attitude.

Il n'hésita pas longtemps.

Benjamin se rendit chez les Merbès le dimanche suivant, vers quinze heures. Stella se trouvait dehors, étendue sur son lit roulant. Elle était habillée d'une longue robe de coton, sous un tilleul odorant, à l'écart de la tonnelle : on était en septembre, les températures s'adoucissaient. Son père, âgé d'une cinquantaine d'années, lisait le journal à côté d'elle. Chauve avec un large front, son visage était strié de fines rides. Benjamin avait su par Stella qu'il était député-maire. L'homme se leva à son approche. L'ingénieur lui serra la main puis tendit une boite de chocolats à la fillette.

— Dommage, je n'aime que les chocolats au lait, commenta-t-elle.

— Enfin, Stella ! protesta son père, élégant malgré son bermuda.

Avenant, il s'enquit du parcours de son interlocuteur, s'enthousiasma de ses expatriations, mais ne tarda pas à les quitter :

— Ta maman sera là sous peu. Mon train va bientôt partir, ma chérie. Je reviens dans deux semaines, promit-il en l'embrassant.

Benjamin eut à peine le temps de s'asseoir sur une chaise de fer forgé rouge que Stella lui posait déjà des questions sur ses voyages, ou plutôt, elle revint sur les anecdotes qu'elle avait retenues en lui demandant des précisions. Le lendemain de leur escapade, elle avait griffonné les noms de lieux dont elle se souvenait. Depuis, elle avait imprimé des photos et des cartes pour mieux les connaître. Il rit de certaines méprises et se prêta docilement au jeu. Il se raidit cependant lorsqu'elle évoqua le village de « Kekan ». Elle n'avait rien trouvé là-dessus.

— Tu veux dire Kefkan ? corrigea-t-il mécaniquement.

— Oui. Quand tu étais en Chine.

Il tourna la tête. Ses traits s'affaissèrent.

Il murmura :

— Une maison au milieu d'une cour d'école. Elle est complètement ouverte. On dirait une fête…

— Hein ?

— Pardon, c'est une citation. Je ne sais pas trop ce que l'auteur a voulu dire, mais cela me rappelle cet endroit.

Stella voulut en savoir plus, il s'exécuta :

— Je me suis rendu à Kefkan pour le travail, afin de vérifier que mon drone pourrait y monter. J'étais épuisé par le voyage à cause de ce vent : des bourrasques répétées qui faisaient pénétrer la poussière à l'intérieur des habits.

— Mais c'était où en Chine ?

Il reprit son souffle et continua comme s'il n'avait pas entendu la question : inutile de lui révéler que Kefkan se situait en Afghanistan.

— Quand le vent s'est posé, la première chose que j'ai vue, c'est un tas d'immondices.

— Des immondices ?

— Absolument.

— Non, mais : des immondices, c'est quoi ? questionna-t-elle, s'impatientant.

Benjamin expliqua :

— Ce sont des déchets. Là-bas, on ne ramasse pas les poubelles. C'est un endroit tellement inaccessible…

Il fit une pause.

— Cependant, en avançant, j'ai été séduit par ce village. J'ai aimé les couleurs des tchadors portées par les femmes et celles d'un marchand dont les épices étaient exposées dans un sac de jute posé à même le sol.

Stella le laissa poursuivre.

— Soudain, des enfants sortaient par une porte. Ils

m'ont salué en riant. Une fillette est venue et m'a pris la main. On aurait dit une caresse. Et, son regard était si doux… *qu'il aurait pu réconcilier le monde,* songea-t-il ; il se sentit idiot de penser cela. Il continua :

— Elle m'a entraîné à l'intérieur d'un bâtiment construit autour d'une cour. Au centre se trouvait un petit joyau d'architecture. Un peu plus tard, on m'a appris que ce pavillon était une salle de prière où les villageois aimaient se rassembler. Quand on y entrait, on était accueilli par un tapis rouge qui emplissait la pièce.

Il se tut en regardant par la fenêtre ; ses yeux s'humidifiaient.

— La petite fille était… comme toi, ajouta-t-il.

Avec la même soif de connaître chez l'autre ce qui donne sens à la vie, pensa-t-il intérieurement, cette même envie qui, enfant, l'avait poussé de plus en plus loin de chez lui.

— Et ? pressa la fillette.

— J'y repense souvent.

Ses lèvres charnues se pincèrent et une lourde amertume se figea sur son visage.

Benjamin baissa la tête. Il ne lui dit pas que ce pavillon avait été pulvérisé par une bombe lâchée par un drone.

Quant à la fillette…

Maudit soit Habib Khan !

Il se remémora l'attentat ; vingt-deux personnes tuées. L'image des corps le hantait.

Habib Khan, et son soi-disant projet humanitaire : « Je veux leur faire parvenir des médicaments. En hiver, ils passent parfois une semaine coupés de tout. »

— Pourquoi tu n'y retournes pas ? s'enquit

innocemment Stella.

Benjamin ne répondit pas. À cet endroit s'arrêtait ses rêves. Un homme avait détourné la science de son objet ; pire, il avait utilisé la pointe du progrès contre les innocents.

Et lui, l'ingénieur, il avait gardé le silence. Et ressenti la peur. La honte.

Les jours qui suivirent, Benjamin fut taciturne. Ses collègues ne manquèrent pas de le lui faire remarquer. Les souvenirs douloureux liés à l'affaire de Kefkan se ravivaient et s'ajoutaient au malaise qu'il ressentait dans Prabès, dont chaque recoin respirait encore l'indicible présence de sa tante. Deux spirales qui se relayaient, et menaçaient de l'entraîner par le fond.

Au moment des faits, le drone de Kefkan avait souvent fait jaser chez Buleo. Des témoins avaient vu quelque chose voler avant l'explosion. L'Afghanistan subissait des attaques de drones militaires sophistiqués : les policiers afghans en étaient arrivés à l'hypothèse que l'arme qui avait perpétré l'horreur était de cet acabit. Cependant, les drones militaires étant scrupuleusement répertoriés par les Américains, on avait finalement conclu que l'attaque avait été menée par un drone civil. Buleo et ses concurrents s'accusèrent alors mutuellement, sans parvenir à déterminer qui avait conçu le drone incriminé. Aucune de ces sociétés n'était implantée en Afghanistan et on ne fit pas le rapprochement avec les différentes antennes chinoises : ces deux pays n'avaient rien en commun, si ce n'était cette mince frontière à l'extrémité du Wakhan où se situait le village attaqué. L'affaire fut vite noyée, les épisodes violents se succédaient depuis des décennies en Afghanistan. Avec une pauvreté extrême, illustrée par de tristes palmarès comme celui de présenter le taux de mortalité le plus haut au monde, ce pays ne pouvait pas se permettre de diligenter une enquête digne de ce nom pour établir la vérité.

Benjamin n'avait jamais eu le courage de parler. Une partie de lui était liée à des atrocités : il le supputait confusément et il tentait désespérément d'évaluer sa responsabilité, s'y épuisant vainement. Et là encore, malgré les failles flagrantes du projet Junction, il sentait remonter cette lâcheté qui lui collait aux basques. Il avait cependant terriblement envie de s'en défaire. Mais elle le paralysait à mesure qu'il se débattait !

Cependant, une lumière, comme un phare, l'incitait à agir, maintenant, pour sortir du cercle vicieux qui le broyait. Une once de courage naissait, non pas du poids stérile de sa responsabilité, mais du souvenir de la main tendue de la fillette de Kefkan, aussi fragile que Stella, et pourtant…

Le collègue avec qui il aurait pu travailler sur les systèmes anti-piratage semblait en réalité réticent à une collaboration. Impossible d'avancer dans cette voie. Benjamin se mit alors à étudier d'arrache-pied la possibilité d'une alternative au projet des dronavenues. Il s'y consacra avec une ardeur fébrile. Il annula ses rendez-vous. Des essais grandeur nature étaient prévus dans un hameau abandonné des Cévennes ; malgré l'enjeu, il y envoya un collaborateur, mais ne s'y présenta pas personnellement. Il renonça aux sorties qu'il avait programmées pour Mario et d'autres collègues, notamment une escapade vers un coucher de soleil, au Roc du Salimène, point de vue renommé de la région. Et il reporta une visite à sa grand-mère au week-end suivant.

À vrai dire, une idée lui était venue soudainement : il fondait ses espoirs sur les systèmes pneumatiques[1] du XIX□ siècle. Il examina celui de Prague, utilisé encore récemment, ainsi que celui qui reliait le Parlement français, les services du Premier ministre et le palais de l'Élysée : ce dernier n'était plus en activité, mais il était maintenu en état de marche en cas de coupure des télécommunications, notamment en cas de guerre. Il se documenta aussi sur des projets en Suisse et en Allemagne.

Plusieurs fois, il faillit lâcher prise, mais devant l'urgence de la situation, il ressassa sciemment l'image de l'horreur de l'attentat de Kefkan afin de continuer. Il lui fallut deux nuits pour constituer un rapport digne d'un ambitieux cabinet ministériel.

Il était déjà dans un état de fatigue avancé quand il examina les microtunneliers permettant de creuser des tunnels de deux mètres de diamètre sans perturber les activités humaines à la surface : comme le Junction, des drones souterrains pourraient livrer les particuliers, directement, dans une trappe accessible des caves. Plus d'embouteillages de camions, des livraisons facilement gérées et sans pollution de l'air. Pour se confronter à cet univers inexploité, il se rendit in extremis à une sortie

---

[1] Système permettant le transport d'objets à l'intérieur de navettes cylindriques propulsées grâce à des différences de pression à l'intérieur de tubes.

organisée par un club de spéléologie, pour « explorer l'envers du décor ». Cette immersion sous terre le conforta dans son idée.

Benjamin réclama un temps de parole pour présenter son travail lors de la séance hebdomadaire de pilotage. En arrivant, il regretta l'absence de Tanya ; tant pis, il se lança : il déroula ses diapositives en les rythmant de gestes expressifs. Il ne tenait plus qu'à la caféine et savait qu'il mettrait du temps à récupérer, mais il était déterminé à aller jusqu'au bout. Une assemblée silencieuse écouta son projet de réseau souterrain qui garantirait une sécurité maximale.

Il reçut un accueil plutôt favorable… au vu de la digression qu'il proposait. L'animateur le remercia avec des commentaires encourageants ; Benjamin retourna s'asseoir en souriant. Il y eut quelques apartés. Puis la réunion reprit son cours normal. L'ingénieur évoluait dans une sorte de rêve éveillé, où son projet se mettait au service d'une humanité reconnaissante.

Il se méprenait. Quand, en fin de séance, l'animateur lut le compte-rendu qui serait remis au ministère, il ne mentionna pas les réseaux tubulaires. Seule l'idée de « carrefour intelligent » fut retenue : à l'instar des réseaux internet, Benjamin préconisait que le carrefour dictât la meilleure direction à prendre en fonction de l'encombrement, et non pas l'ordinateur de bord du Junction. Pour lui, ce n'était qu'un détail, une idée annexe.

Il se sentit berné.

Ne comprenaient-ils donc rien ? Il perdit son sang-froid :

— Je ne saisis pas. Il est prévu que les dronavenues respectent la loi qui interdit d'aborder une centrale nucléaire ou un aéroport. Par contre, le fait qu'un drone puisse frôler un lieu public, une école par exemple, ça, ça n'émeut personne ! Écoutez-moi bien : les drones ne doivent pas approcher les lieux de vie, vous m'entendez ?

Il fulminait, debout, devant un auditoire médusé, et, se tournant vers l'animateur devenu muet, il conclut :

— De toute façon, personne ne veut d'un projet pensé, il s'agit juste de monter un coup de pub !

Il repoussa sa chaise et sortit de la pièce.

Il quitta les préfabriqués en maugréant qu'il ne participerait pas à un programme qui propulsait un engin potentiellement dangereux vers les populations.

Au lieu de se diriger vers la sortie, il marcha devant lui, sur la piste d'essai, les yeux rivés sur le gris du bitume, comme si une urgence vitale lui commandait de cartographier les bosses du terrain. Il refusa de lever les yeux pour se prémunir des drones en vol. Il avançait à l'oreille. Dans son for intérieur restait une question lancinante, douloureuse, qui s'intensifiait : *Comment les avertir sans révéler qu'il avait été le concepteur de l'oiseau de malheur de Kefkan ?*

Il n'avait pas prévu que Tanya l'interceptât, alors que, la bave au coin de la lèvre, il pestait contre lui-même et la bêtise de ses collègues.

Elle, de son côté, se félicitait de rencontrer l'un des ingénieurs les plus réputés, pour vanter la flamme de

Buleo. Elle entraîna avec prestance le groupe d'individus en costume qu'elle promenait. Badinant, elle le salua en disant :

— Je vous présente un de nos illustres…

Benjamin passa devant, sans un regard pour elle ou ses visiteurs.

— Salut Tanya, lâcha-t-il, outrecuidant.

Il daigna faire un signe de la main. Les représentants de la France admirèrent avec consternation une vue… de dos, du fameux ingénieur. L'un d'eux souligna son nom dans ses notes.

***

Des perturbations SNCF confortèrent les émissaires de l'État dans leur agacement. Le rapport qu'ils firent le lundi suivant à Paris, à l'hôtel du ministère, mit en doute l'engagement de Buleo à servir la France. Au secrétaire d'État chargé des transports, ils décrivirent la présentation à l'américaine de Lebec, le développement tous azimuts du projet – qui prenait des allures de pieuvre sur son mur –, le tout couronné par l'attitude agressive d'un ingénieur croisé sur la piste.

Les conseillers de la DGAC (Direction Générale de l'Aviation Civile) confirmèrent la vision des premiers intervenants : les retours n'étaient pas à la hauteur de leurs espérances. Les essais de la boîte aux colis dans un hameau secret des Cévennes n'avaient pas été concluants. Certes, le système magnétique permettant au Junction de récupérer ou de délivrer sa commande fonctionnait : le drone repérait sans problème la boîte hermétique qui le concernait et en déclenchait l'ouverture. Mais il volait encore trop près des obstacles.

Les équipes dédiées aux transports tentaient de faire leur place au sein du ministère de l'Écologie, leur nouveau ministère de tutelle. La dorure de leur blason, c'étaient les incontournables réseaux ferrés, à grande vitesse de préférence. Au contact des énergies renouvelables, des idées plus audacieuses devaient être mises en avant pour ne pas faire figure d'ancêtre : un foisonnement de projets avait animé les premières séances suivant l'énième remaniement qui avait secoué le mastodonte. Peu avaient convaincu. Sauf celui des dronavenues. Donner un accès au ciel, même s'il était restreint, c'était proposer un nouvel espace aux Français tout en satisfaisant leur appétit de techniques à la pointe du progrès. Tout cela à moindre coût finalement. Ce projet était de plus salué par l'aéronautique, car cela permettait de s'assurer que le drone ne polluait plus les routes aériennes réservées à l'avion et à l'hélicoptère.

Depuis quelques semaines, on déchantait. Grand, un front imposant, Garnier, le secrétaire d'État, fronça les sourcils. Bien qu'averti, il avait mal anticipé les difficultés, mais il n'était pas question de faire machine arrière. Sinon, la France perdrait la longueur d'avance qu'elle avait sur les États-Unis. Et deux villes avaient accepté de transmuer une de leurs rues en dronavenue.

Sa large bouche ravala le sourire conciliant qu'il arborait volontiers. Un silence plana dans le bureau doré. On entendit les craquements de parquet des pièces avoisinantes. Sombre, il demanda des précisions sur les

adaptations possibles dans un laps de temps raisonnable –
ce qui, ses collaborateurs le savaient, se mesurait en jours
– puis il s'enquit de ce Delmas dont il n'avait eu que des
échos élogieux par Tanya.

Quelques heures plus tard, Lebec essuyait le
mécontentement étatique.

Et décida qu'il ne serait pas seul à le subir.

Il surgit à l'improviste dans le bureau de Benjamin. Ce
dernier ne l'avait jamais vu de près, il connaissait surtout
sa voix d'orateur qui garantissait le succès de ses
« shows » à sa gloire, tout du moins à celle de Buleo. La
cinquantaine, des cheveux d'une longueur étudiée pour
donner une vague, le patron portait une veste avec une
couture ostentatoire qui en soulignait les rebords. Une
chemise rose laissait voir un imprimé à l'intérieur de la
boutonnière et aux poignets. Très chic. Cependant, en le
voyant pénétrer dans son bureau d'angle, blanc, les traits
tirés, Benjamin crut d'abord qu'il était malade.

— Alors, c'est vous, monsieur Delmas… dit-il en
fermant la porte.

— Oui, bonjour monsieur Lebec, répondit-il d'un ton
parfaitement calme : une visite chez sa grand-mère et une
virée avec Mario dans la ville la plus proche avaient
permis à Benjamin de se détendre un peu pendant le
week-end.

— J'avais entendu parler de vous en des termes
élogieux, mais ce qui s'est passé vendredi m'a
grandement refroidi, annonça-t-il en tapotant sur son
bureau.

Manifestement tendu, il parla d'une conduite « irresponsable ». Benjamin ne releva pas. Il croisa les bras. Son patron était devenu pour lui le pantin articulé d'une farce orchestrée par des ordres occultes émanant des hautes sphères ministérielles. Par dérision, il tenta :

— Le Junction, monsieur Lebec, il faut le stopper.

L'autre fut visiblement stupéfié par tant d'aplomb :

— Comment ? prononça-t-il, la bouche ouverte.

— Monsieur Lebec, les dronavenues, c'est une voie royale pour les actions terroristes, assena Benjamin en avançant le buste.

Il crut que Lebec allait exploser ; ce dernier se retint et enchaîna sur un ton sarcastique :

— Alors vous êtes de ceux qui pensent qu'on peut arrêter un projet d'une telle envergure suite à une montée de frilosité juvénile ?

Le patron fit quelques pas en tournant en rond et ajouta :

— Et puis, je ne suis pas de votre avis. Jamais nos drones n'ont servi de causes terroristes. Nous commercialisons des drones civils, je vous le rappelle.

L'ingénieur soutint son regard sans ciller. Lebec tempéra ses propos :

— J'admets qu'il faut poursuivre nos efforts dans le domaine de la sécurité. Votre équipe travaille sur un nouveau mode de détection : le fameux « voir et éviter » et je vous demande de continuer dans cette voie. Vous êtes bien placé pour savoir que nous mettons en place les mesures adéquates.

— Cela ne suffit pas : nous avons besoin de plus de temps et de moyens afin d'empêcher d'éventuels terroristes de désactiver cette sécurité et d'utiliser nos drones pour parvenir à leurs fins, le coupa Benjamin. Il existe des failles…

— Écoutez-moi bien, Delmas : dans dix jours, nous lançons la première série. Vous délivrerez un drone conforme au cahier des charges du ministère. Vous n'avez pas le choix.

Lebec ajouta :

— L'avenir de Buleo en dépend.

— Monsieur Lebec, vous devez reconsidérer le Junction dans son ensemble. Ce drone n'est pas qu'un banal objet de consommation et vous le savez !

Il sentait que ses convictions s'affermissaient. Debout, il se stabilisa tranquillement, nullement impressionné par la carrure de son patron. Autrefois étouffée au cœur de la lâcheté qu'il avait laissée s'épanouir au gré de ses envahissantes culpabilités, sa colère portait maintenant le germe d'un timide courage.

Quand Lebec sortit du bureau, Benjamin se dirigea vers les tables du coin restauration pour chercher une boisson et y resta un moment. Ses collaborateurs le regardèrent du coin de l'œil sans piper mot. Ils avaient probablement entendu des éclats de voix et s'interrogeaient sur la venue de Lebec. D'autant plus que, lors du partage rituel du sacro-saint café du matin, l'ingénieur n'avait pas pris la peine de les rassurer sur son comportement pour le moins étonnant pendant la réunion du vendredi précédent, alors qu'ils en avaient forcément eu des échos. Il ne s'en préoccupa pas. Il se délecta même du sursaut d'énergie qui surgissait en lui. Un souffle de vie. Instable, dangereux peut-être, mais rafraîchissant.

Transformation

Combien de fois avait-il réussi à démêler des situations inextricables à coups de bouts de ficelle ? Malgré ce fiasco inavouable lors de son expatriation en Chine, il avait le droit d'être fier de ses réalisations d'ingénieur ! Benjamin actionnait furieusement sa touillette dans le gobelet vide ; un collègue s'installa prudemment à l'opposé de la table partagée.

Quant à sa tante, il se souvint de son émerveillement devant la réussite qui devait le sortir du ghetto caussenard, du sourire qui lui mangeait le visage quand il lui avait annoncé sa sélection à un poste d'expatrié. *Il fallait aussi se remémorer les passages heureux de son enfance. La tragédie qu'il vivait depuis deux ans ne devait pas tout effacer.* Benjamin abandonna ses collaborateurs et ses dossiers.

Sans explication.

Il laissa sa Prius sur le parking, une marche d'une heure à pied environ le mena à la maisonnette de sa tante Emma ; il y pénétra, retrouva des objets qu'il dépoussiéra soigneusement.

Puis, il rejoignit au pas de course les falaises surplombant le village. Il entreprit l'ascension du *promontoire du Diable*, une excroissance du Causse qui devait son nom à la présence de vautours nichés sur un bloc en forme de tête figé au-dessus du vide. Trois quarts d'heure de montée acharnée : il grimpa avec frénésie sur un itinéraire peu connu des réseaux touristiques. Une fois en haut, il considéra la vue imprenable sur le renfoncement investi par Buleo. Il essuya la sueur de son front et réfléchit ; il lui fallait partager son désir d'intervenir contre le Junction. Quelques années auparavant, il aurait appelé sa tante. Il téléphona à Luis, son ami péruvien : ils étaient très proches depuis qu'ils avaient vécu ensemble l'effarement tombé des tours du World Trade Center. Après la sidération, son ami en était arrivé à une ferme conclusion qui avait ébranlé Benjamin : *la vie l'emportera*. Cette petite phrase était devenue pour eux comme un clin d'œil, une repartie facile. Ainsi, elle résonnait ici comme un encouragement.

Luis ne répondait pas ; Benjamin hésita puis appela Mario. Il entendit son interlocuteur décrocher, puis plus rien.

— Mario ? Tu es là ?

Des bruits de pas résonnaient dans le téléphone avec en toile de fond le bruissement des Junction. Mario s'en éloignait a priori. Enfin, il s'immobilisa.

— Oui, je suis là… Aujourd'hui, j'ai réussi à prendre en compte la dissipation visqueuse qui accompagne le Junction dans son mouvement…

— Bravo, je savais que tu y arriverais !

— J'aurais aimé partager cela avec toi.

Benjamin soupira.

— Je suis désolé, Mario.

— Tu sais quoi ? Je n'arrive même pas à t'en vouloir. Écoute, je n'ai pas beaucoup de temps, j'accompagne l'informaticien qui – tu sais, ses jambes, elles ne tiennent pas debout – mais tu n'as peut-être même pas remarqué que nous avions un collègue handicapé…

Benjamin ne répondit rien.

— Oui, oh, tu es occupé à autre chose ; bon, en bref : Ben, ça va devenir compliqué pour toi, le prévint-il. Tes positions, elles ne sont pas tenables.

— Je sais, répondit-il tranquillement.

— Tu es allé trop loin cette fois-ci…

— …

— Le Junction, c'est notre bébé, tu ne peux pas l'empêcher de prendre son envol. C'est le progrès, Ben. Parfois, on a du mal à s'y faire.

Benjamin fit quelques pas vers le bord. En bas, des drones s'élançaient ; d'autres attendaient, rangés les uns à côté des autres, alignés. La plupart étaient des prototypes du Junction. Ils suivaient les ordres donnés par des programmes embarqués.

Les drones semblaient inoffensifs. On aurait dit des jouets…

— Tu me lâches, Mario, constata-t-il douloureusement.

— Ne rejette pas la faute sur les autres, Ben : c'est toi qui quittes le navire. Bon, il faut que je te laisse. Si tu veux, on se rappelle plus tard.

— Mario… Écoute-moi ! Vous êtes en train de le saborder vous-même, le navire. Quand le ciel des villes sera ouvert au Junction, il sera trop tard pour revenir en arrière.

Mais son ami mit fin à la discussion.

Benjamin se pencha et observa la piste d'essai. Il apercevait un drone qui s'était écarté – peut-être un simple coup de vent – et qui s'était immobilisé devant un buisson. *Pas au point notre programme, on a encore du pain sur la planche...* pensa-t-il avec ironie.

De vieilles douleurs vrillèrent ses articulations : en réalité, il fallait le combattre, son propre « bébé », comme disait Mario, parce qu'on ne savait pas le rendre inopérant en cas de besoin. Si un malfrat un peu plus intelligent que la moyenne parvenait à lui donner des instructions afin de le sortir des parcours balisés, Buleo n'avait aucun moyen pour le récupérer.

Si les responsables du projet s'entêtaient, faudrait-il détruire les prototypes et les codes sources ? Et pourquoi ne pas réutiliser l'oiseau-drone contre Buleo tant qu'il y était ?

Rageur, il poussa un cri en frappant un arbre qui penchait vers le vide.

À s'en faire mal.

Puis il s'assit, désemparé, à court d'idées.

Un petit avion le tira de ses pensées. Luis avait dit autre chose après le 11 septembre, quelque chose comme : « Les objets qui portent les espoirs d'une société, il faut s'en méfier car... ils peuvent aussi en attiser la haine ? »

Non, ce n'était pas cela...

Benjamin creusa sa mémoire, il sentait que la sagesse de son ami pourrait l'aider à défendre son point de vue.

Il soupira puis accrocha son regard aux ressauts du paysage tourmenté. Incontestablement, l'endroit était magnifique.

Il se remémora l'enthousiasme de Stella devant le panorama qu'elle avait découvert à l'issue de leur virée en lit roulant. Son téléphone glissa de sa poche. En le ramassant, il songea qu'un SMS promettait à la fillette qu'il reviendrait la voir. Après avoir tenu tête à Lebec et à Mario, il eut envie d'affronter son regard ingénu : sa spontanéité était rafraîchissante.

Il n'osait pas s'avouer qu'il aimerait aussi croiser Tanya ailleurs que dans l'installation grisâtre du projet Junction.

En descendant, il s'arrêta à la ferme de ses parents pour y trouver quelque chose à offrir à Stella.

Le toit était recouvert de lauzes grises méticuleusement taillées. Les pans irréguliers épousaient des murs de pierres plus claires piquées de mousses rousses. Il contourna le bâtiment afin d'atteindre à l'arrière une porte massive adoucie par un arrondi. Une clef s'y trouvait, enfoncée dans le mur, entre les pierres, dans sa cachette habituelle. Il pénétra dans le sombre vestibule et gravit les marches de l'escalier. Comme la maison était fermée pour l'été, elle était restée si agréablement fraiche ! Benjamin atteignit sa chambre et ouvrit les volets. Il savait que ses affaires de petit garçon y étaient encore. Un lit, une table, une armoire, et dans le fond, une immense malle de bois grossièrement poncée qui prenait toute la largeur. Il ne l'avait pas ouverte depuis des années : d'ordinaire, elle servait de support à sa valise d'expatrié. Il desserra les lanières de cuir.

Sa mère avait tout rangé, plié, avec le plus grand soin. Sur le dessus se trouvait un livre recouvert de papier kraft. Un jour, il lui avait dit que c'était un de ses meilleurs souvenirs d'Emma. Les contes de Grimm que sa tante lui lisait, assise par terre, adossée contre son lit. Elle y prenait autant de plaisir que lui.

Adulte, il avait compris combien il avait été difficile pour sa mère de se décider à le laisser à sa sœur.

Il faudrait qu'il le lui dise.

Ne pas faire comme avec Emma.

Il lui parlerait avant qu'il ne soit trop tard, même si dans sa famille, on parlait peu de ces choses-là. Sa résolution prise, il s'empara d'un Pinocchio en bois peint et quitta la chambre.

En se relevant, il réalisa que les volets battaient : les bruits de la maison annonçaient une tempête. Il enveloppa précautionneusement son paquet. Quand il sortit, il sentit que la lumière était tombée. Les vents s'étaient levés. En cette fin septembre, le ciel tout entier paraissait évacuer l'été. Le sol assoiffé, en revanche, attendait toujours le déluge.

Il courut vers sa voiture garée dans le village, d'un pas alerte. De grosses gouttes chaudes traversèrent ses habits tandis qu'il s'asseyait sur le siège conducteur. Ensuite, il vit dans le fond du ciel une masse furieuse qui se rapprochait.

Les trombes d'eau éclatèrent non loin du village où habitaient les Merbès. Alors, il hésita quelques minutes à sortir de la voiture.

— Monsieur Benjamin, dans quel état vous vous êtes mis ! s'exclama Louisa en l'accueillant dans le vestibule.

Il se savait attendu – il avait annoncé son arrivée –, mais lorsqu'il ouvrit la porte de la chambre de Stella, celle-ci grommela :

— Normalement, quand on veut entrer quelque part, on frappe à la porte.

Il avait les cheveux collés par la pluie, les habits encore imprégnés d'eau. Elle fit mine de ne rien remarquer. Alors, il retourna dans le couloir et chercha dans son téléphone un bruit de sonnette. Un clairon malhabile retentit ; la fillette se prêta au jeu :

— C'est bon, entrez.

— Madame me fait trop d'honneur.

Stella esquissa un sourire puis se renferma de nouveau. Il se mit à caresser son chien assis sagement à côté d'elle. Il n'avait pas l'habitude des animaux domestiques. Chez lui, à la ferme, les chiens devaient se sentir membres du troupeau et non pas de la famille. On évitait de les cajoler. Et depuis qu'il était expatrié, il n'avait jamais eu d'animal domestique.

Stella consentit enfin à tourner la tête dans sa direction. Il remarqua qu'elle portait une banale chemise de nuit. Ainsi, elle avait renoncé à se costumer ? Il ne dit rien, mais il lui tendit son présent.

— Lui, c'est Pinocchio. Il s'ennuyait dans une malle.

— Une malle de petit garçon ?

— Oui.

— Qui est parti en voyage, souffla-t-elle en le posant sur son lit et en regardant droit devant elle.

Pendant un moment, elle resta silencieuse.

Déconcerté, il s'assit sur une chaise.

— Je ne me suis jamais habillée en garçon, annonça-t-elle subitement.

Ce fut le début d'un débat frénétique sur le costume le plus authentique de Pinocchio. Et, comment faire tenir le haut chapeau rouge ? On ferait un cône en carton, puis on appliquerait de la feutrine. Ils épuisèrent leurs idées les plus saugrenues ; ils firent ensemble des recherches sur Internet.

Quand Benjamin partit, elle avait retrouvé son enthousiasme. Le calme après la tempête. Ou l'inverse. Qu'importe, son sourire avait retrouvé sa place. Alors, il la quitta en s'ébrouant à la façon d'un clown, jouant de l'allure pataude que lui conféraient ses habits imbibés d'eau.

La rapidité avec laquelle la fillette handicapée avait recouvré sa bonne humeur le laissa joyeux. Cela ressemblait à un scintillement dans son horizon orageux.

***

Benjamin reprit son quotidien avec une résolution : celle d'entretenir avec soin le courage qui le conduirait à agir.

Quelques jours plus tard, il fut confronté à un nouvel « atelier » dans le bâtiment principal – l'on se refusait finalement à l'anglicisme workshop afin de ne pas froisser la susceptibilité des experts du ministère. La réunion visait à déterminer la charge que pourrait embarquer le drone sur ses dronavenues. Il avait été invité un peu par hasard, sa partie étant toujours la programmation. Il s'y rendit en s'interrogeant : *pourquoi mobilisaient-ils tant de monde sur cette question alors qu'ils avaient tous tant à faire.* Benjamin n'écoutait que d'une oreille quand il entendit... que l'on parlait de trois kilos. *Le Junction pourrait porter trois kilos !* Jamais il n'aurait imaginé une telle capacité pour un drone de grande consommation. Et Tanya qui avait annoncé une gamme légère ! Désemparé, il perdit le fil. Il fut tiré de son hébétude par le coach qui, tout en remettant en place ses lunettes fines et argentées, lui demanda ingénument :

— Et vous, monsieur Delmas, qu'en pensez-vous ?

L'homme développa sa question avec force d'adjectifs inutiles. Il affichait un sourire imperturbable. En d'autres circonstances, l'ingénieur s'en serait amusé. D'abord, il ne répondit pas et garda les bras croisés. Sa peur mêlée de honte menaçait de refaire surface.

Il avait compris trop tard que la pâte d'amande qu'Habib Khan avait fixée sous son drone était en réalité du C-4, un explosif américain. Le pain qu'il avait embarqué sans le savoir sous son oiseau de malheur ne pesait qu'un seul petit kilogramme !

Il ne fallait pas se dérober. Et, s'il faisait comme s'il était courageux ? Se donner une chance.

— Trois kilos, c'est beaucoup trop. C'est tout simplement inconcevable, assena-t-il.

Alors, il se leva et, s'arc-boutant sur ses bras, il releva la tête. Autour de lui, ses collègues le regardaient d'un air gêné ; aucun ne le soutint. Il tremblait imperceptiblement et sentait qu'il ne se maîtrisait pas tout à fait, mais il bénissait la colère qui tenait bon.

Il ne pouvait pas leur parler de son oiseau assassin, drone rendu furtif par ses bons soins. Il l'avait même recouvert de plumes, respectant, dépassant même ! la demande de Khan de rendre l'engin invisible aux yeux des Américains... « Sinon, ils l'abattront dès qu'il aura décollé. Ils sont devenus paranoïaques en Afghanistan, vous savez », avait argumenté l'Afghan. Dire que Benjamin avait même conduit une étude sur la forme et le comportement des volatiles de la région... pour qu'il se fonde dans la faune locale !

Le coach se redressa. Sa voix nasillarde s'éleva :

— Monsieur Delmas, non content de ternir l'image de Buleo auprès de notre ministère de tutelle, vos remarques semblent décidément sorties d'un obscurantisme des plus tenaces. Je vous suggère de vous convertir au modélisme. Les projets de votre entreprise sont, je le crains, trop ambitieux pour vous.

Benjamin rétorqua :

— Vous ne pourrez pas dire que je ne vous aurai pas mis en garde : vous allez vous bruler les ailes à force de servir ces utopies. Je vous engage à réfléchir aux potentiels dévastateurs du Junction avant que des esprits tordus le fassent à votre place.

Sa sortie acerbe lui valut un entretien dans le bureau de Lebec, ce qui n'était pas pour lui déplaire.

— Monsieur Delmas, votre comportement au sein du projet est délétère. Je ne vous comprends pas. On m'avait rapporté votre enthousiasme et votre professionnalisme dans les filiales. Vous êtes cité en exemple par vos collègues qui parlent de l'élégance de vos programmes, dit-il en avançant le buste.

— Monsieur Lebec, c'est justement parce que j'aime

ce que je fais que je vous demande de nous donner les moyens de surveiller nos Junction et d'être capable de récupérer les commandes si besoin.

Son patron fit un geste de la main en soupirant et continua :

— Buleo ne peut pas se permettre d'examiner toutes les hypothèses. Nous ne sommes pas le ministère de la Défense non plus…

Il se retourna ; Benjamin se contint, ce qui décontenança le dirigeant. Sans le regarder, ce dernier conclut :

— Eu égard à votre dévouement, je vous laisse votre place, votre titre, mais cette fois-ci, je dois prendre les mesures qui s'imposent. Dorénavant, vous serez représenté par Peter aux réunions hebdomadaires. Il deviendra votre adjoint.

Lebec fut surpris du manque de réaction de son interlocuteur impétueux : Benjamin protesta pour la forme. Ce dernier ne voulait pas dévoiler la force qui montait en lui, et qui, il le sentait, l'amènerait à faire valoir ses convictions, en temps voulu, et il avait besoin de ménager de bonnes relations avec sa hiérarchie. *Tant mieux, j'aurai plus de temps,* pensa-t-il, satisfait. Il songea cependant qu'il aurait moins l'occasion de voir Mario. Et Tanya. Après avoir salué respectueusement Lebec, il s'arrêta devant le bureau de celle-ci et toqua à sa porte. Personne.

En regagnant ses préfabriqués, il s'arrêta pour contempler le promontoire du Diable qui arborait fièrement sa stature de pierres blanches. Se sentant mis au défi, l'ingénieur bomba le torse.

Éléments perturbateurs

En fin de semaine, Benjamin dut se garer en haut du village, car le maire avait entrepris des travaux de rénovation du réseau d'eau et le centre était devenu inaccessible. En sortant de sa voiture, il s'immobilisa : il avait reconnu un homme qui se dirigeait avec désinvolture vers lui. Ce visage large, balayé par des cheveux clairs, et marqué par de lourdes paupières et un petit sourire : nul doute possible, il s'agissait de son ami d'enfance. De cinq ans son aîné, Gabriel était un gars excentrique, entier, qui avait un don avec les bêtes, toutes sortes de bêtes, du loup à l'insecte. Benjamin avait entendu dire qu'il avait maintenant une préférence pour les moins domestiquées. Il vivait à l'écart. Il n'avait pas réussi à obtenir de diplôme, mais on le sollicitait souvent. D'autant plus qu'il était un rejeton pur souche du village : il avait un lien de parenté avec la plupart des habitants.

Benjamin l'intercepta.

— Eh, salut Gaby ! Ça fait un bail…

L'autre s'arrêta à sa hauteur et hésita. Quand il le reconnut, il le toisa un moment. Ensuite, il le gratifia d'une franche claque amicale sur l'épaule.

— Tu te souviens de nos virées ? demanda Benjamin en se remémorant de nombreuses escapades dans les causses, parfois jusque sous les étoiles.

Gabriel ne répondit pas sur-le-champ. Il baissa les yeux, puis lâcha :

— Oui, je m'en souviens…

Son regard était froid.

— Tu viens boire une bière ? Je n'habite pas loin. Je suis rentré pour quelque temps.

— Toi, tu habites à Prabès ? interrogea-t-il, incrédule, en lui emboitant le pas.

Gabriel était aussi passionné qu'autrefois. Il connaissait toutes les espèces animales de la région sur le bout des doigts. Ainsi, il rendait bien des services qui auraient fait pâlir le plus diplômé des vétérinaires, mais il était surtout appelé pour ses talents de désinsectisation et autre destruction de nuisibles. Du moins, c'est ce que l'on croyait. Car, quand c'était possible, il se contentait de déplacer les intrus en d'autres lieux où ils ne risquaient pas d'être en conflit avec les humains... Ou bien, il parachevait le travail en les décortiquant pour mieux « les découvrir », disait-il. Son étude du frelon asiatique en était à ce stade d'apprentissage. Il se justifia cependant : cet insecte était un véritable fléau. « Ce n'est pas pour rien que le frelon désigne celui qui vit en parasite aux dépens d'autrui. » Gabriel devint intarissable.

— Je les ai observés pendant des mois : le loustic reste en vol stationnaire aux abords de la ruche et essaie d'attraper les butineuses qui rentrent avec un chargement de nectar ou de pollen. Il les décapite, enlève les pattes et les ailes, et ramène les thorax au nid afin de nourrir ses larves. En début d'hiver, il pénètre dans la ruche et va directement se servir à l'intérieur.

— Pas très avenante ta bestiole... Et finalement, qu'est-ce qui distingue ce coupe-tête de notre bon vieux spécimen européen ?

Gabriel sourit, ménageant son suspense :

— Eh bien... Contrairement au frelon européen, le

frelon asiatique attaque en essaim.

Quand il le quitta, Benjamin était heureux d'avoir retrouvé son ami d'enfance. Mais il était loin de s'imaginer qu'il lui apporterait une aide décisive dans son combat.

La semaine suivante, il profita de l'affectation de son adjoint pour tâter le terrain de sa prochaine campagne de sabordement : il échangea avec ses collègues sur le Junction afin de saisir leur état d'esprit face aux transformations que le drone et ses dronavenues allaient provoquer, il passa du temps sur les pistes d'essai et dans le laboratoire et il se pencha sur les prototypes que l'on trouvait maintenant un peu partout dans les locaux alloués au projet. Il se rendit également au quartier général de l'équipe dirigeante afin de sonder le terrain : pourrait-il trouver un allié ? Tanya peut-être ? Il finit par la croiser dans un couloir gris, entre deux réunions. Elle ralentit le pas en le voyant. Son visage se figea, hésitant manifestement à lui adresser la parole. Tout en prenant conscience qu'il était devenu persona non grata pour le comité directeur, il ne chercha pas à se justifier. Il s'enquit de Stella, croyant se concilier ses bonnes grâces, mais c'est sur ton peu engageant qu'elle lâcha :

— Stella vous réclame encore.

Sans même un regard. Constatation froide. Elle ajouta :

— Professionnellement, je ne cautionne pas du tout votre comportement. Réagissez, le projet Junction a besoin de vous.

Avant de tourner des talons, elle concéda :

— Ce soir, je rentre tôt. Passez vers 18 h.

Benjamin était dépité. Cette femme le désarmait.

Quand il se présenta chez elle, Louisa le conduisit dans son bureau sans faire de commentaires. Tanya le considéra d'un air fatigué.

— J'essaie de travailler au calme. La pollution visuelle : c'est le nouvel argument de nos détracteurs, annonça-t-elle en soupirant, et en repoussant d'un geste la sollicitude de son interlocuteur.

Elle semblait cependant mieux disposée que dans l'après-midi :

— Bon, rejoignons Stella. Elle se réjouit de vous revoir.

Comme Benjamin ne bougea pas sur-le-champ, alors, elle se retourna et lui dit :

— Je comprends que ma demande de vous faire venir ici puisse vous paraître étrange dans le contexte actuel : nous n'avons pas les mêmes opinions concernant le Junction. Et, je ne remettrai pas en cause les miennes. Pourtant, je pense que vous êtes quelqu'un de bien. Nos divergences ne m'empêchent pas de vous apprécier.

À la bonne heure, pensa l'ingénieur, ironique. Elle poursuivit :

— Ici, Stella ne connaît personne. Mes parents sont à Paris et mon ex-mari ne vient pas souvent. Ma fille a besoin d'être entourée, justifia-t-elle. Et puis… elle doit subir une nouvelle opération en fin de semaine.

Benjamin sursauta. *C'était probablement pour cette raison qu'elle était si morose lors de sa dernière visite.*

— Oui, allons-y, répondit-il, conciliant.

Il lui emboîta le pas.

Ils se rendirent au bout de la maison et entrèrent à l'intérieur de la chambre. Un tremblement de terre secouait un pays imaginaire : dans un brouhaha assourdissant, il engloutissait des maisons colorées de pacotille, des pans de rochers noirs, un arbre aux branches tentaculaires, une étrange automobile ronde… *Clac :* la fillette coupa court à son dessin animé qui défilait sur un grand écran.

— Bonjour Benjamin, s'exclama-t-elle en lui adressant un petit sourire.

Ce dernier avait les yeux rivés au plafond. Médusé, il regardait un ensemble de vitres immenses aux angles cassés. Un rideau amovible protégeait l'enfant des rayons du soleil, mais la lumière tamisée l'enveloppait généreusement : *Stella vivait dans une verrière.* Il ne l'avait pas remarqué quand il l'avait raccompagnée de nuit. On aurait dit un observatoire, il ne manquait que la lunette.

— On va dehors ? réclama la fillette en se soulevant sur les coudes.

Tanya desserra les freins :

— Vous venez, Benjamin ?

— Oui, j'admirais…

— Le plus compliqué a été d'installer les rideaux, résuma-t-elle, pragmatique.

La chambre ouvrait sur le petit salon aux tons pastel dans lequel Benjamin avait été reçu pour la première fois. Ils passèrent la porte-fenêtre. Une pente douce était aménagée le long de l'escalier. Malgré la fraîcheur du mois d'octobre, Stella demanda qu'on la descende sous la tonnelle. Benjamin avait épuisé le récit de ses expatriations, alors ils évoquèrent les journées fades de la jeune malade. Le genre de conversation qu'il redoutait. Heureusement, la fillette le coupa :

— Raconte-moi encore des choses d'ailleurs.

Il se détendit :

— Peut-être aimerais-tu que je te raconte mon voyage en Égypte.

— L'Égypte… répéta-t-elle, les yeux brillants. Oui. Comment sont les gens là-bas ?

Tanya eut un mouvement ; elle ne fit aucun commentaire. *Y avait-elle séjourné ?* Il parla à Stella du mariage incroyable du Nil et du soleil qui garantissait une lisière luxuriante, et de la chaleur blanche et sèche qui figeait l'eau du fleuve sous son poids. Il évoqua aussi les fers à béton tendus vers le ciel au-dessus de maisons en devenir. La fillette avait les yeux suspendus à ses lèvres et ne tarissait pas de questions.

— Tu sais, moi, j'ai vu le *Prince d'Égypte*, annonça-t-elle, quand il reprit son souffle.

— Stella chérie, Benjamin ne regarde pas les dessins animés, la rabroua doucement Tanya.

Benjamin s'étonna : elle était restée silencieuse jusqu'alors. Ravie de l'embarquer subrepticement dans la discussion, il continua néanmoins de s'adresser à Stella.

— J'allais y venir.

Il décrivit son saisissement devant Ramsès dominant, massif, taillé dans la roche d'Abou Simbel :

— On aurait dit qu'il était encore là.

Il dépeignit longuement les hiéroglyphes relatant le

passage de Pharaon à sa nouvelle vie après la mort. Ils s'émerveillèrent ensemble du travail de l'artiste qui offrait son maître aux dieux. Stella était captivée.

Benjamin s'interrompit lorsque Tanya s'éloigna et il se méprit : il crut qu'elle s'ennuyait à l'écouter. S'il avait tourné la tête, il aurait vu son visage traversé d'émotion.

Peu après, Louisa leur apporta des boissons. Puis revint plusieurs fois. Probablement qu'elle avait l'instruction de les surveiller. Ses traits rudes s'étaient cependant radoucis en voyant la fillette enjouée. Le trentenaire resta un moment à contempler un mouvement migratoire de martinets noirs qui avaient subitement envahi le ciel. Il écouta distraitement les grillons et les bruits des ruelles. Une voiture passa.

— Benjamin ?

— Mmh…

— Je ne veux pas retourner à l'hôpital.

Benjamin tressaillit ; il n'avait pas la réplique. Il essaya :

— L'hôpital est là pour t'aider.

— Ça ne sert à rien.

— Les médecins, ils vont la guérir, ta jambe. Tu dois continuer de te battre.

Elle baissa la tête et dit dans un souffle :

— Je veux juste arrêter d'avoir mal. Je ne veux pas y retourner.

Il lui semblait que Stella pliait soudainement ; il balbutia :

— Stella, tu dois aller te faire soigner. Il faut donner toutes ses chances à la petite vie qui t'habite.

Elle ne répondit pas, alors il répéta avec anxiété :

— Stella, bats-toi encore, pour ceux qui t'aiment.

Elle ne paraissait pas convaincue et éluda.

— Tu m'emmèneras en voyage un jour ?

Benjamin admira sa promptitude à reprendre pied.

— Tu ne voudras même plus de moi quand tu auras des jambes toutes neuves.

Elle se força :

— Ok, la prochaine fois, c'est moi qui te blufferai avec mon récit de voyage.

— Chiche ?

— Chiche.

Il y eut un silence prolongé ; elle ne dit plus rien. *Un signe de fatigue ?* Il proposa :

— Je crois que je vais te ramener là-haut.

Elle ne protesta pas.

Louisa les attendait dans le petit salon et lui prit le lit des mains sans mot dire. Benjamin en voulut à Tanya de ne pas être là. Il se sentit déplacé une fois seul dans la pièce. Alors, il se dirigea vers le bureau et frappa à la porte. Comme il n'obtenait pas de réponse, il l'entrouvrit. Il s'approcha et vit Tanya avachie sur sa chaise, qu'elle avait mise en position allongée.

Elle avait perdu de sa superbe. Ses lunettes de soleil gisaient à côté d'elle. Elle était touchante, enfin.

Il lui effleura l'épaule.

Une deuxième fois, car elle ne réagissait pas. Elle se souleva.

— Oh non ! gémit-elle.

Elle passa sa main sur le front.

— Je me suis endormie.

Elle soupira.

— Vivement que cette opération soit passée.

Comme à son habitude, elle soigna ses inquiétudes personnelles par un défi professionnel :

— Et puis, je n'arrive pas à traiter ce satané papier qui vient sabrer toute notre communication sur le Junction.

Benjamin avait appris dans un couloir qu'une polémique était née d'un article dissident qui accusait Buleo de pollution « visuelle », alors qu'ils venaient de lancer la première série en production. L'un des arguments phares de leur campagne était que les drones polluaient moins que les armadas de fourgonnettes sillonnant les villes pour distribuer de ridicules petits paquets. Un pamphlet en arrière-page d'un quotidien national, amplifié par quelques tours de planète sur des réseaux sociaux, avait attaqué leurs slogans, en les accusant de dénaturer le paysage citadin en transformant des axes « en zones de science-fiction ». Lebec avait chargé Tanya de trouver une parade. Acculée, cette dernière peinait à comprendre l'argument de leurs détracteurs. Que l'on embellisse les places, les jardins publics, certes, mais ne pouvait-on pas sacrifier quelques rues aux dronavenues pour le bonheur de tous ? Cela remettait-il en cause la beauté de toute une ville ? Elle peinait encore à percevoir exactement comment évoluaient les mentalités françaises. En Moldavie, on se préoccupait souvent plus des usines que des habitants.

— Les Junction qui pénètrent les villes, ce n'est pas une bonne idée de toute façon, déplora-t-il à contrecœur.

Il regrettait de ne pas pouvoir l'aider à promouvoir le

dernier « bébé » de Buleo.

— Ah, vous n'allez pas recommencer !

— D'accord. C'est pour Stella que je suis ici. D'ailleurs, vous devriez passer un peu plus de temps avec elle plutôt que de…

— Je vous interdis ! s'indigna-t-elle en haussant la voix.

Conscient qu'il était en train de se comporter comme un goujat, il tenta une retraite facile :

— Désolé… Je crois que je ferais mieux de rentrer.

Bataille perdue, dix de retrouvées. Non, ce n'était pas cela... Il ne savait plus où il en était. Tanya le désarçonnait. Elle se chargea de l'achever :

— Au fait, concernant le Junction, vous serez content d'apprendre que je vais proposer à monsieur Lebec de nous inspirer de l'un de vos prototypes.

En répertoriant les formes des drones de Buleo qui pourraient être « non polluants visuellement », elle avait retenu celui que Benjamin avait conçu pour Khan.

— Votre oiseau…

Benjamin était consterné :

— Jamais, vous m'entendez, jamais ! s'emporta-t-il en reculant.

— Je trouve que vous abandonnez bien vite le terrain.

Il ne releva pas : Tanya le regarda, éberluée, se prendre les pieds dans une chaise et s'étaler au moment où il voulait détaler. Les explications embrouillées qu'il donna le rendirent émouvant : en reprenant péniblement ses esprits, Benjamin saisit d'ailleurs un attendrissement inespéré chez son interlocutrice. Un déclic salvateur lui permit alors de rire de sa situation et de recouvrer son naturel blagueur. Une indubitable proximité, mystérieuse et tangible, plana entre lui et Tanya. À ce moment-là, il se plut à penser qu'elle pourrait éprouver de l'affection pour lui.

Il chassa l'idée saugrenue en rentrant chez lui. Cependant, rasséréné par cette visite insolite, il se sentait, plus que jamais, en ordre de bataille : le Junction, il allait lui couper les ailes, puisqu'il le fallait.

Bouffonnerie

Quand Tanya vint le voir la semaine qui suivit, Benjamin pensa qu'elle se faisait le porte-parole d'un mécontentement sur ses récentes bourdes. Affublé d'un adjoint plutôt incompétent, il atteignait un degré d'inefficacité encore inégalé jusqu'alors.

En réalité, elle portait un message bien différent :

— Le chirurgien semble persuadé que, cette fois-ci, Stella va remarcher.

Pris dans ses questionnements, il en avait oublié l'opération... le sourire de Tanya s'étirait jusqu'au bout de ses yeux en amande ; il lui retourna une grimace gênée et s'empressa de se rendre à l'hôpital pour encourager la fillette.

Lorsqu'il trouva la chambre après plus d'une heure de route, il hésita, la main sur la poignée, puis il frappa gaillardement. Là, il lut un espoir sur le visage qui se tendait vers lui. La fillette tapa sur le lit pour exprimer sa joie. L'impatience paraissait imprégner ses membres. Il n'eut pas été surpris de la voir soudain se lever. Décidément, la vitalité indéfectible de cette petite lui montrait la voie du courage, le courage le plus simple, le plus fort peut-être : celui tiré de la naïveté enfantine.

Pendant le retour, il se prépara mentalement à une tentative de persuasion qu'il voulait mener chez Lebec : en rentrant chez Buleo, il décida que la fin de journée était le bon moment pour lui apporter un dossier qu'il avait constitué ces derniers jours sur les accidents provoqués par des drones. Les cas étaient rares ; Benjamin s'ingénia à transposer les conséquences qu'ils pourraient avoir dans l'environnement des dronavenues. Son patron resta très calme. Il en tira une feuille, en fit une boulette et visa une poubelle à papier. Il recommença, testant la résistance de son interlocuteur.

— Vous aimez vous amuser, paraît-il. Moi aussi.

Il fit une pause en le regardant droit dans les yeux, puis se leva en posant lentement ses mains sur son bureau :

— Maintenant, remettons-nous au travail, voulez-vous ?

Conscient que les maladresses de son adjoint ne parviendraient quand même pas à déboulonner le Junction du panthéon des projets français et qu'il était loin de se rallier les bonnes grâces de Lebec, Benjamin réfléchit à s'attaquer à la tête pensante : Garnier, le secrétaire d'État aux Transports. Il lui fallait une entrevue. Il abusa du téléphone et devint la bête noire du standard du ministère. Il lui arriva de passer plusieurs appels par jour ! Malgré ses efforts, sa demande ne passa pas le filtre de ses proches collaborateurs. Il poursuivit alors sa lutte intestine en cherchant un potentiel allié au sein de l'entreprise. En vain. Même avec Mario qui, à une époque, eut décroché la lune pour lui, Benjamin eut l'impression qu'il était une sorte d'OVNI sorti de son orbite. Il ne parvenait pas à se faire comprendre.

Ce fut… Google aidé de Paris Match qui lui ouvrit une perspective la semaine d'après. Un article lui apprit que Marion Garnier, la femme du secrétaire d'État, organisait une manifestation autour de leur kiosque à musique.

L'évènement aurait lieu au fond de leur propriété, au profit des familles des victimes de l'accident ferroviaire de Brétigny qui avait tué sept personnes. Tout le gratin qui gravitait autour du ministère des Transports serait là. *Bientôt, ce seront les victimes du Junction qu'il lui faudra pleurer*, songea-t-il, sarcastique. Puis il se fit la remarque qu'il lui serait plus facile d'atteindre Garnier à son domicile qu'au ministère. Il examinait cette possibilité quand il reçut un e-mail qui l'informait que les délais de livraison du Junction étaient avancés et que le secrétaire d'État souhaitait la programmer pour le lundi suivant. Benjamin se précipita dans le bureau de Tanya. Elle était avec Lebec, mais elle lui fit signe d'entrer. Dès que leur patron fut sorti en le fusillant du regard, il alla droit au but :

— C'est un effet d'annonce, le mail que nous avons reçu ? Ils veulent vraiment lancer le Junction dans l'état où il est ?

Tanya ne se laissa pas démonter :

— Benjamin, la France risque de rater le coche si elle ne se lance pas. Nous pouvons être fiers d'initier un nouveau mode de vie, beaucoup plus flexible et écologique.

Il n'en revenait pas, elle croyait à ses slogans. La jeune femme croisa les bras : *Oui, elle voulait y croire à leurs « défricheurs d'avenir » – comme les désignait un journaliste qu'elle venait de rencontrer après une conférence de presse –, parce qu'elle-même aspirait à un avenir plus facile.* Elle fronça les sourcils devant l'étonnement qui se lisait sur les lèvres ouvertes de son interlocuteur. Elle poursuivit, néanmoins, imperturbable :

— Les premiers vols au sein du périmètre urbain débuteront le lundi 3 novembre.

Le lendemain du petit concert de Marion Garnier. Il lui restait à peine deux semaines devant lui. Benjamin était acculé. Il fallait agir, et vite.

— Au fait, nous avons renoncé à modifier la forme du Junction : votre oiseau ne sera pas plagié, annonça-t-elle. La pollution visuelle, nous nous en occuperons plus tard…

L'ingénieur était déjà parti.

Quand il arriva dans son bureau, son écran montrait encore le kiosque en photo. Il n'avait pas les moyens de persuader Garnier de faire machine arrière, alors que le Junction en était à la phase finale. Mais il pouvait l'effrayer en lui démontrant combien les systèmes de sécurité étaient inopérants face aux drones. Il réfléchit à toute vitesse en jouant avec le bouton de sa souris. Avant de quitter Rome, en parallèle de son projet pour le réseau ferroviaire italien, il travaillait sur des prototypes de *nano drone*. Il s'agissait de drones miniatures, peu détectables, de plus en plus convoités par l'industrie du drone civil. Bêtes noires des services secrets de toutes les armées, ne pourraient-ils pas alarmer l'opinion publique et faire réfléchir le ministère sur les dangers des drones en général, et du Junction en particulier ?

Ses yeux se fixèrent sur l'écran.

La coupole était en bois.

Le bois…

Le feu ?

Et, s'il imbibait la structure d'un produit inflammable ?

Il avait récemment étudié un article sur des produits dits « intumescents et ignifuges », c'est-à-dire gonflant sous l'action de la chaleur afin de former une mousse microporeuse isolante appelée « meringue ». Ils pouvaient arrêter la propagation d'un incendie. Benjamin pourrait ainsi déclencher un incendie en hauteur puis le maîtriser pour qu'il n'y ait pas de victimes.

Un seul nano drone ne parviendrait pas à mener l'opération à bien. Cependant, les systèmes qu'il avait conçus avaient la particularité de se regrouper en essaim… comme les frelons asiatiques. Il pourrait faire travailler discrètement un groupe de nano drones ayant l'apparence de ces frelons ! Benjamin baissa la tête. Il y avait quelque chose de cassé en lui. *Cette tartufferie lui ressemblait…* Et puis quoi encore ? *Garnier était à l'origine de ce gâchis : tant pis pour lui* ! Il allait s'amuser à ses dépens. Et pour cela, quoi de plus naturel que de retrouver son ami d'enfance : Benjamin contacta Gabriel, lui expliquant qu'il voulait s'entretenir avec lui discrètement. Ce dernier lui proposa de venir chez lui sans poser de questions. Il s'y attendait. Tant mieux. Avec lui, son secret serait bien gardé.

***

Dehors, la pluie faisait rage. La ferme de Gabriel se trouvait tout en haut du village, non loin de la ferme de ses parents, en réalité. Benjamin passa le porche en pierre en courant, la cour du bâtiment se transformait en une large flaque boueuse. Gabriel l'attendait et l'entraîna dans la salle à manger afin qu'il se sèche près du feu. Une voisine en profita pour s'éclipser :

— Bonjour, je suis Jeanne. J'allais justement partir. Je vous laisse, à bientôt, dit-elle à l'adresse de Gabriel et de sa compagne qui se leva pour la raccompagner.

L'ingénieur désirant parler à son ami d'enfance en tête-à-tête, ils ne tardèrent pas à monter à l'étage, dans une vaste salle d'étude, plutôt spartiate. Les tables étaient recouvertes d'échantillons à analyser, des livres couvraient un pan de mur entier, des pupitres supportaient des volumes énormes ouverts sur des gravures. Benjamin débarrassa une chaise et posa une boîte sur une étagère en se demandant ce qu'elle pouvait contenir : des instruments de dissection étaient disposés sur la table la plus proche.

Son ami maugréa :

— Elle n'a même pas donné son nom de famille.

— Qui ça ?

— Jeanne, notre voisine. Elle vient de Paris, déclama-t-il, emphatique. Et elle s'imagine qu'elle va pouvoir élever des moutons ici.

Il s'agissait probablement de l'étrangère dont il avait entendu parler dans le bar :

— Tu pourrais lui laisser sa chance, essaya Benjamin.

— Ben, c'est une déracinée, cette fille.

Benjamin avait oublié à quel point son ami était, lui, profondément enraciné dans sa terre. Il ne put résister à l'envie de le provoquer :

— Un peu comme moi en somme.

Gabriel tarda à répondre.

— Quand tu es parti, Ben, tu as tout laissé. Et moi

aussi, reprocha-t-il.

C'était de bonne guerre. Benjamin ne s'y attendait pas. Cependant, il accepta la confrontation.

— Il y a ceux qui préservent et ceux qui explorent. Je fais partie de ceux qui rapportent un peu d'ailleurs lorsqu'ils rentrent à la maison.

— Peuh, toi, tu ne rentreras jamais vraiment.

— Peut-être… Mes racines resteront quand même plantées quelque part dans l'immensité des Causses, tu ne m'ôteras pas cela, se défendit-il.

Il songea néanmoins au plaisir qu'il avait à découvrir de nouveaux pays et la vie qui les habitait. Il ajouta :

— Et, si partir c'était mon rôle, ma façon de vivre ? Regarde, on est content de se retrouver, non ?

Embarrassé, Gabriel fit un geste de la main pour mettre fin à la discussion. Benjamin protesta que leur séparation était antérieure à son départ. Elle datait de son intégration chez Buleo, que Gabriel prenait pour une trahison : il avait toujours haï le voisinage de cette firme. Il pensait que les drones étaient une pollution et ne tarda pas à rappeler son avis sur le sujet, ce qui permit à Benjamin d'enchaîner naturellement.

— Gaby, justement, j'aimerais que quelqu'un m'aide à les freiner, confia-t-il à son ami en le regardant dans les yeux.

S'il fut surpris, Gabriel n'en fit rien paraître. Benjamin expliqua les conséquences que pourraient avoir les dérives du Junction sur les populations, puis il se jeta à l'eau :

— J'envisage de frapper un grand coup pour que le secrétaire d'État mette fin à ce projet.

— Vas-y, continue, l'encouragea son ami.

— Je... J'ai imaginé d'enflammer le kiosque à musique de sa femme avec des drones en forme de frelons. Enfin, juste la coupole. Cela doit être spectaculaire, mais personne ne sera blessé.

Incrédule, Gabriel se mit à rire :

— Toi ? Tu veux te mesurer à un ministère ?

Benjamin était souvent le boute-en-train. Il n'avait rien d'un meneur. Il n'avait rien non plus du courageux justicier solitaire qui entamerait une croisade pour défendre ses idées. Il choisit la dérision pour tempérer l'énormité qu'il venait de proférer. Puis un silence se fit.

— Blague à part, tu comptes vraiment jouer au plus fin avec eux ?

L'ingénieur exposa son plan à son ami. Ils cherchèrent d'autres possibilités, ils durent se rendre à l'évidence : ils n'avaient pas de meilleure idée qui permît d'alerter le ministère de tutelle. Benjamin serait condamné pour dommages et intérêts. Ce serait justice. Qu'importait.

***

Benjamin mit trois jours à élaborer son plan d'attaque. Pendant ce temps, Gabriel se procurait des frelons asiatiques : ces bêtes-là, lui avait-il répété, il se contentait de les occire sans aucun scrupule. Elles ne lui attiraient aucune sympathie.

Benjamin laisserait une dernière chance à ces messieurs du ministère. Il leur préparait une lettre ouverte avant de jouer aux apprentis-sorciers. Ils seraient bien obligés de réfléchir quand ils recevraient la missive, ou lorsqu'ils seraient interviewés par des journalistes informés par ses bons soins. Peut-être accepteraient-ils alors de revoir leur copie ! L'ingénieur espérait encore qu'il n'aurait pas à exécuter ses menaces.

Messieurs,

Benjamin corrigea :

Mesdames, Messieurs,

Le Junction est un drone et comme tous les drones, il ne peut pas être maîtrisé dans une zone peuplée. Pour vous le prouver, je vais déployer un essaim…

Non, quand même, là, il leur donnait trop d'indices.

… je vais déployer des drones le dimanche 2 novembre dans un espace théoriquement surveillé par le ministère. Vous ne pourrez pas les intercepter avant qu'ils accomplissent leur mission. Ceci est une action de prévention destinée à…

On sonnait.
Benjamin s'interrompit en croyant qu'il s'agissait de Gabriel. Il ouvrit la porte et s'y retint, interloqué.
— Je t'ai apporté un fromage.
Sa mère se tenait devant lui. On eut dit un servant de messe qui apportait l'hostie. Après tout, il était normal

qu'une mère rendît visite à son fils. Il se souvint de son hésitation quand elle venait le chercher après un mois et demi d'absence : du jour au lendemain, il quittait la maisonnette de tante Emma pour la ferme de ses parents. Oh, il ne s'en plaignait pas. Sa mère préparait son cacao comme personne. Mais il se passait quelques jours avant que le baiser du soir redevînt naturel.

— C'est du fromage de...

Benjamin s'arrêta à temps. Ce ne pouvait pas être du fromage provenant du lait de leur troupeau : les brebis n'avaient pas encore mis bas.

— C'est Marie qui nous en a donné. Ils ont déjà fait l'agnelage, eux, expliqua-t-elle.

— Eh bien, entre, lui dit-il gauchement.

— Oui, je venais aussi voir comment tu étais logé. On est descendu dimanche de l'estive, précisa-t-elle.

Il l'emmena directement dans la cuisine : le seul endroit qui avait échappé à ses recherches frénétiques.

— C'est beau, risqua-t-elle.

Tout ici était aux antipodes de la modeste ferme qu'ils occupaient, elle et son père. Elle ne resta pas longtemps et le quitta sur un : « Je ne veux pas déranger ». Il la raccompagna à la porte puis la suivit du regard alors qu'elle montait la rue. Elle se retourna et ils échangèrent un signe.

Gabriel arriva quelques heures plus tard.

— Encore un effort et tu atteindras le bazar cosmique de ma salle d'étude, ironisa-t-il en pénétrant dans son salon submergé de livres ouverts, de feuilles volantes et de divers pots et flacons entamés.

Benjamin n'avait pas laissé de place au doute : la moindre question concernant les risques à courir avait été décortiquée. Gabriel déposa son butin sur un coin de table. Benjamin ne put retenir un geste de recul. Les bestioles n'avaient rien d'engageant. Cependant, leur gabarit correspondait à peu près à ses drones.

— Je les ai disséquées au mieux pour que tu puisses récupérer leurs carapaces, précisa son ami.

Il lui parla ensuite de ses dernières observations sur leur bruit et leurs habitudes de vol. L'ingénieur l'interrompit :

— Beau boulot, il ne me reste plus qu'à déguiser mes appareils. Mais viens donc dans le jardin. Je vais te faire une démonstration qui devrait te plaire.

Il lui raconta ses expériences en les comparant à leurs déboires de « petits chimistes » : sa tante lui avait offert un jour une boîte de loisir éducatif qui, malgré – ou à cause de – leurs efforts conjoints, n'avait jamais produit les effets escomptés, et avait été à la cause de frayeurs mémorables. Puis, il désigna deux maquettes reproduisant le kiosque qu'il voulait enflammer, disposées à l'arrière du jardin, à l'abri des regards.

— J'ai fait la plupart des tests dans le cabanon pour plus de discrétion, mais je préfère mener mes dernières expériences à l'extérieur afin de me rapprocher des conditions dans lesquelles seront les nano drones.

L'ingénieur injecta deux mélanges différents, l'un à la base, l'autre sur le dessus de la structure. Puis il guida un drone chargé de lâcher une étincelle. Il déclencha un brasier puissant et rapide, qui s'étouffa lorsque les flammes rencontrèrent la base imbibée de produit ignifuge.

— Voilà, conclut-il.

Les deux hommes restèrent un moment silencieux devant les restes carbonisés. Benjamin se représenta ces dames en habits de soirée, tentant de faire bonne contenance face à l'incendie. Les plus altières garderaient leur sang-froid, les lèvres pincées face à l'affront. Il savait que des radars seraient pointés sur le ministère de la Défense, sur l'appartement parisien du secrétaire d'État ainsi que sur son domicile de Charente-Maritime. *Ah, ils étaient persuadés que rien, surtout pas les drones qu'ils avaient l'habitude de détecter sur tous les fronts modernes, ne passeraient le crible de leurs yeux d'acier...* Benjamin imagina leurs teints gris et leurs cols débraillés quand ils comprendraient qu'ils s'étaient fait berner par des drones furtifs.

— Ils vont avoir chaud aux miches, se moqua son ami.

L'ingénieur rit nerveusement. Pour Gabriel, Buleo était le symbole de succès économiques éhontés, étalés sans vergogne devant des éleveurs décimés et fiers. Quand ils étaient jeunes, Benjamin admirait le courage de son ami, prêt à tout pour la défense de leur patrimoine contre ces envahisseurs. Aujourd'hui, sa passion pour les techniques des drones, stimulant inassouvi de son esprit, lui donnait à penser que sa conception était quelque peu étroite.

Ce dernier poursuivait :

— Cela ne m'étonne pas que tu te retournes contre ceux d'en bas. Ton père obligé de guetter seul le loup, ça, ceux qui sont coincés dans leur costume-cravate, ils ne peuvent même pas l'imaginer. Tu es en train de retrouver tes racines, mon ami.

Il y avait du vrai. L'ingénieur tempéra cependant :

— Ils sont aveuglés. Ils voulaient faire avancer les choses et se sont trompés, ou bien ils ne peuvent plus reculer. Probablement que leur désir de briller les a emmenés trop haut.

Contrairement à son ami, Benjamin ne voulait pas tuer son objet de prédilection. Il ne voulait pas exterminer les rêves de Buleo, fussent-ils immatures, et il n'éprouvait aucun plaisir à casser des ambitions, même arrivistes.

— Peuh, ils ne veulent que le pognon, crut conclure Gabriel.

Benjamin n'arriverait pas à se faire comprendre : il coupa court.

— Et sinon, toujours d'accord pour poster les courriers ?

Ils se dirigèrent vers le salon. Ses menaces gisaient sur l'imprimante. Il n'y avait pas touché. Gabriel devait les déposer à deux cents kilomètres de Prabès, dans une boîte aux lettres quelconque. Alors qu'il s'avançait pour les saisir, Benjamin l'arrêta : il lui tendit une paire de gants en latex et un sachet plastique qu'il avait prélevé lui-même avec des gants dans un supermarché. Ils ne devaient pas laisser d'empreintes ou de traces identifiables.

— On se croirait dans un polar !

— Précautions élémentaires, mon cher Watson. Cela dit, nous nous en contenterons : pour ce qui est des sueurs froides et autres agréments de l'épouvante, nous le laisserons au folklore des romans policiers.

Benjamin détestait ce genre de littérature, qu'il jugeait

trop conventionnel.

Il enfila lui-même des gants et entreprit de glisser délicatement les courriers dans des enveloppes prétimbrées sur lesquelles il avait imprimé l'adresse du ministère et de journaux de renoms. Son ami grimaça et prit un air précieux en pinçant les enveloppes de ses doigts gantés. En raccompagnant son ami à la porte, Benjamin songea aux risques qu'il lui faisait prendre. Mesurés cependant. *Et lui ? Les enquêteurs concluraient-ils que le système qu'il mettait en place était sans danger pour les spectateurs de son show ?* Il était conscient que son plan, bâti dans l'urgence, n'était pas glorieux. Il se sentait seulement un peu moins lâche. Pas véritablement courageux. Gabriel se retourna avant de partir. Très sérieux, il lui indiqua :

— Ah, et j'oubliais : il faudrait revoir ta coupe avant de reparaître en public.

— Pardon ?

— Tu vas avoir du mal à expliquer les mèches roussies sur le côté.

Benjamin sursauta. Comprenant que son ami plaisantait, il porta alors la main à sa chevelure avec une grimace apeurée. Et leurs rires se déployèrent de concert.

Mise à feu

— Ben, c'est la troisième fois que tu te défiles. Je ne te reconnais plus !

Mario reprochait à Benjamin d'avoir donné un prétexte fallacieux pour éviter une rencontre sur les imperfections de la première production du Junction. Ce dernier en était arrivé au point où il laissait le téléphone de son bureau sonner. Depuis une semaine, il répondait rarement aux e-mails, qui, par chance, s'éteignaient parfois d'eux-mêmes : les équipes de Buleo avançaient sur plusieurs fronts à la fois et les points non résolus étaient abandonnés à leur sort. Et, quand l'ingénieur travaillait sur le Junction, ce n'était plus que sur des fonctions de bridage. Depuis qu'il ne participait plus à la grand-messe hebdomadaire, il voyait de moins en moins de collègues. La plupart d'entre eux mettaient sa désertion sur le compte d'une saine remise en question. Mario, lui, n'était pas dupe, mais les réunions manquées n'étaient pas le sujet de sa colère. Son dépit provenait des faux espoirs donnés par son ami : bien que son retour en France l'eût perturbé, son cher collègue avait quand même dégoté quelques manifestations incongrues, et avait organisé des sorties qu'il avait animées de ses insatiables discours. Cependant, depuis quelque temps, silence radio. Comme en Chine lorsqu'il avait, du jour au lendemain, arrêté net « la découverte de l'Empire de Chine » et décidé qu'il s'en tiendrait au trajet boulot-dodo. L'impulsion qu'il avait donnée s'était tarie comme un cours d'eau providentiel des pays nord-africains asséché par une explosion de chaleur.

Un oued éphémère, voilà ce qu'était Benjamin pour ses compagnons. Mario serra sa main d'un geste rageur. Il allait battre en retraite quand son regard tomba sur l'amoncellement de fils et de composants électroniques sur la table de travail. L'Italien s'immobilisa en jaugeant des pièces détachées minuscules. Inutilisables dans le Junction.

— Ben, enfin, qu'est-ce que tu fous ? demanda-t-il en désignant le bric-à-brac qui s'étalait.

Benjamin posa précipitamment le coude sur des éléments qu'il tentait d'assembler avec une pince. Que lui dire ? Il soupira, d'une part parce qu'il lui était pénible de ne pas pouvoir se confier à son ami, d'autre part, parce qu'un infime craquement lui indiquait qu'il était en train d'écraser un composant qui lui avait couté les yeux de la tête. Il parvint néanmoins à afficher une sorte de sourire assez niais :

— Laisse-moi un peu de temps, Mario…

— Un peu de temps ? Mais qu'est-ce qu'il t'arrive, mon pote ? T'es devenu l'homme invisible ! fulmina-t-il en se rapprochant de lui.

— Oui, je sais…

— Putain, Benjamin, tu déconnes. Je ne sais pas ce que tu fais, mais je ne le sens pas ! conclut-il en brandissant un doigt accusateur.

Mario claqua la porte sans plus de commentaires. Il ne le dénoncerait pas, Benjamin en avait la certitude.

Tanya lui ayant confirmé froidement que les premiers Junction avaient été livrés comme prévu, il ne restait plus que deux jours avant le concert des Garnier. Il n'espérait pas de revirement du ministère : son courrier avait certes provoqué quelques remous, mais l'entrefilet repéré dans un petit journal témoignait plus du zèle d'un journaliste à monter en épingle un fait divers croustillant que d'une prise de conscience du danger imminent. Les dés étaient jetés, les nano drones devaient entrer en action. Pas le choix.

Le soir même, il se rendit à un hôtel proche du domicile du secrétaire d'État. En dehors de l'altercation avec Mario, il avait effectué une journée de travail la plus normale possible, tâchant de ne pas faire de vagues. Dans les couloirs, ses collègues n'avaient guère prêté attention à lui. Ils ne parlaient plus que du lancement du Junction, le lundi suivant, sur la première dronavenue de France établie à Toulouse.

La chambre était tout en longueur, avec deux lits qui mangeaient tout l'espace. Il fallait se contorsionner pour atteindre la fenêtre située à l'autre bout de la pièce. Le couvre-lit orange tentait en vain d'égayer le lieu. En d'autres circonstances, il aurait déploré le manque d'originalité et de confort ; pour son opération, cet endroit banal convenait parfaitement. À la réception, il indiqua qu'il attendait un ami afin qu'on ne s'étonnât pas du temps qu'il passerait dans sa chambre. En fin de soirée, il reçut un texto d'un collègue esseulé qui lui proposait de sortir prendre un verre. Il l'éconduisit à regret en prétextant une maladie contagieuse. Il songea avec un pincement au cœur qu'en agissant contre les intérêts de Buleo, il risquait de perdre cette seconde famille avec qui il partageait tant de belles réalisations, hasardeuses parfois, mais toujours enthousiasmantes.

Le lendemain, il déballa avant le lever du jour les six nano drones qu'il avait préparés et les posa en silence sur le rebord de la fenêtre. Grâce à Gabriel, ils pouvaient facilement être confondus avec des frelons asiatiques. La structure en fibre de carbone était recouverte de fragments tirés de son butin : la tête et la ceinture arrière, jaune et orangée. « Parfait, les radars détecteront des parties animales et n'y verront aucun danger. C'est un moyen peu connu de rendre des drones furtifs », avait commenté Benjamin. Il avait aussi prélevé des ailes ultra-fines et solides sur des nano drones en forme de grosses mouches. Elles pouvaient propulser les engins jusqu'à une vitesse de vingt kilomètres par heure. Le thorax et l'abdomen contenaient le GPS et des capteurs. Ses engins bénéficiaient d'un accéléromètre analysant des perturbations comme une rafale de vent et de capteurs à ultrasons, mesurant la hauteur par rapport au sol.

Benjamin patienta jusqu'aux premières lueurs de l'aube et vérifia que personne ne se trouvait dans la rue ; un passant s'éloignait : il décida que c'était le moment. Il les fit décoller puis les suivit de son ordinateur grâce à la caméra du frelon de tête. Il leur avait donné l'instruction de se rendre en direction du kiosque à musique, mais il devait les aider à éviter les obstacles. De la table installée face au mur, il pouvait voir le film de leurs oscillations entre les branches des arbres. Il essayait de les dissimuler tout en longeant la route pour faciliter la transmission par onde. La première opération à mener était une cartographie des environs de la résidence de Garnier. Malencontreusement, la portée de ses télécommandes n'allait pas jusqu'au kiosque. Benjamin savait qu'il faudrait s'en rapprocher par la suite. Par ailleurs, les drones devaient effectuer des allers-retours fréquents : leur autonomie se limitait à une demi-heure. Sur l'écran, il entr'aperçut un écureuil, probablement surpris par la propulsion silencieuse de ses appareils : Benjamin n'avait pas reproduit le bruit que faisaient les frelons. Sur ce point, il pensait que les radars ne feraient pas la différence. Il grossit l'image et manœuvra vers le bas. Il visualisa quelques bruyères sur un rocher, et même des lichens. Il aurait aimé s'amuser un peu plus, mais il disposait de peu de temps pour tester les fonctionnalités de ses prototypes. Il se concentra.

Lorsque le passage dans la rue se fit plus intense, il alla se restaurer.

— Votre ami n'est pas encore arrivé ? demanda la réceptionniste.

Il se composa un regard contrit :

— Non, pas encore. Pour une fois que je n'ai rien à faire, j'en profite aussi. Ça arrive si rarement ! ajouta-t-il avec un air complice.

Elle acquiesça avec un sourire enjôleur qui le fit fuir au plus vite.

Il reprit après l'heure du déjeuner. Tout semblait bien se passer, quand le frelon de tête fit une embardée vers la droite. Le groupe se désorganisa et l'un des frelons cessa d'émettre. Il avait probablement heurté un arbre. Benjamin savait que ses drones, sans gyroscope, manquaient de stabilité. Alors, il rapatria le reste de la troupe, les rangea à l'intérieur d'une boîte et ferma rapidement sa session après avoir saisi dans son GPS les dernières coordonnées du drone égaré. Il sortit, l'ordinateur sous le bras ; il transportait ses précieux acolytes dans un sac de supermarché. Il était garé un peu plus loin, dans un renfoncement discret.

Il récupéra à l'intérieur de sa voiture un sac à dos contenant les liquides à injecter dans le toit du kiosque. Puis il se dirigea à pied vers l'endroit où devait se trouver le drone perdu. Ses recherches restèrent vaines. Tant pis, il fallait maintenant fixer le camp de base de ses combattants miniatures. Benjamin choisit un lieu suffisamment éloigné de la résidence du secrétaire d'État, mais accessible de sa télécommande. Afin de donner le change, il installa un télescope avec un filtre capable de prendre des photos du soleil : de quoi expliquer sa présence ici. Il fixa en évidence un nid ovoïdal recouvert de feuilles mâchées, où pourraient se réfugier les nano drones en cas de visite impromptue ; contrairement au frelon européen qui se cachait systématiquement, le frelon asiatique se montrait au grand jour.

Il poursuivit sa cartographie et établit un parcours optimal. Il était temps de former ses élites à l'opération ultime : quelques minutes plus tard, les cinq drones restants étaient enfin au pied du kiosque ! Ils enroulèrent l'un des pieds de la structure jusqu'en haut et survolèrent le toit. Les images montraient des pieds métalliques ; le toit était en bois, comme prévu. Les drones étaient rechargeables sur une batterie portative : Benjamin pouvait effectuer deux vols avant de les immobiliser pendant un quart d'heure pour qu'ils soient de nouveau opérationnels. Il effectua encore quelques reconnaissances. Ensuite, il chercha un endroit où il enterrerait les bidons dans lesquels ses drones puiseraient le liquide qui déclencherait l'inflammation et celui qui l'arrêterait.

Pour plus de discrétion, il rentra à l'hôtel pour apprendre à ses frelons à se retourner pour enfoncer leurs dards métalliques dans le bois, injecter l'un des liquides puis se ravitailler dans les bidons, à travers leurs mandibules jaunes. (La mandibule cachait une fine paille qui pouvait se déployer afin d'aspirer le liquide). Il effectua des tests avec une planche et un verre d'eau.

Une heure plus tard, il était prêt. Fébrile, il repartait d'un bon pas quand la réceptionniste l'interpella de nouveau :

— Alors votre ami ?

— Pardon ? Ah oui. Euh… J'ai oublié de vous dire que je prenais la chambre un jour de plus. Cela ne pose pas de problème ?

L'hôtel n'était pas plein ; sa question n'était que rhétorique, destinée à rendre plus crédible son histoire d'ami attendu. L'hôtesse consulta son registre d'un air avenant qui creusa une fossette sous sa joue rebondie. Il n'entendit pas sa réponse.

Son camp de base se trouvait dans une enclave en bord de route. Il envoya d'abord ses frelons dans leur nid, puis prépara son matériel de camouflage : il était en train d'installer le télescope quand une patrouille de militaires – des vrais ceux-là – se rapprocha, ce qui le figea sur place. Les cheveux en pagaille, il avait une mine d'astronome amateur plongé dans sa passion. Il leur donna un faux nom et prétendit avoir oublié sa carte d'identité chez lui, avant de leur montrer sur son ordinateur de magnifiques photos du soleil. L'un d'entre eux s'y intéressa : Benjamin savait captiver son auditoire. Ses mains devenaient moites et il s'attendait maintenant au pire, mais le flot de ses paroles sortait mécaniquement. Il s'en félicita cette fois-ci. Cependant, le conciliabule derrière son dos se prolongeait ; il crut que tout était fini pour lui.

— Ne croyez pas que vous nous avez amadoués avec vos airs de savants fous. Vous vous en tirez bien : notre fichu logiciel est planté. La prochaine fois, ayez votre carte d'identité sur vous, conclut l'un d'entre eux d'un air menaçant.

Dès qu'ils se furent éloignés, Benjamin se remit à piloter ses drones, minutieusement, même si ses doigts glissaient sur le clavier. Aspiration du liquide contenu dans les bidons enfouis dans le sol à une centaine de mètres, vol jusqu'au kiosque, demi-tour, injection, recharge des batteries, et ainsi de suite. Sans trop réfléchir. Sinon, il aurait fui à toutes jambes.

Sauve-qui-peut

Landry, le majordome de la famille Garnier, était grand et arborait des traits droits et impassibles. Le menton carré, des sourcils fins mais suffisants pour surplomber des yeux pincés entre des paupières étroites, il disposait de la confiance de son patron et ne s'en cachait pas : il portait le front haut.

Il était dix heures et il avait débarrassé les petits déjeuners de la salle à manger, et avait déposé le tout dans les cuisines. Il jeta un œil dans la bibliothèque : des meubles hauts et imposants, régulièrement cirés, emprisonnaient à l'intérieur de ses parois vitrées des ouvrages centenaires. Dans le fond de la pièce, baigné de lumière, se trouvait le bureau de monsieur Garnier. Il savait que tout y était impeccable ; il aimait à le vérifier. Il ouvrit les portes suivantes qui donnaient sur des salons parés de velours. Rien à redire non plus. Il était entièrement dévoué au soin de la demeure de ses patrons. Celle-ci se composait d'un imbroglio de couloirs et de pièces qui se vidaient et se remplissaient au gré des apparitions du maître des lieux. Il mettait toute son énergie à ce qu'elles soient prêtes à tout moment, quels que soient les visiteurs annoncés. Il passa le hall couronné de corniches en bois sombre finement sculpté.

Le majordome tirait avec contentement un caddy de cuir chargé d'ustensiles de ménage : il se rendait au kiosque situé au fond du jardin où l'on donnerait un concert pour le lancement d'un « nouveau mode de transport ». « Cela nous changera de mes bonnes œuvres », s'était réjouie madame Garnier. Landry avait remarqué que monsieur n'avait pas relevé. D'ordinaire, il ne manquait pas de sourire à l'évocation de l'action efficace que menait son épouse dans les cercles de son ministère. Pour ce projet, monsieur Garnier avait tenu à organiser lui-même les festivités. *Étrange.* Un peu comme s'il voulait la tenir à l'écart.

La pelouse était tondue courte et était délimitée par de sages massifs ponctués de couleurs. Tout le long du chemin, des graviers gris secouaient son chargement. Il atteignit un espace en demi-cercle qui s'ouvrait sur le kiosque à musique. Il circula entre les tables de marbre clair et les chaises en fer forgé noir affublées d'un dossier étonnamment haut, qui donnait un air cérémonieux à la place, et il laissa son matériel au pied de l'estrade. Plus tard, il parla d'une odeur d'encaustique entêtante et avait noté qu'il faudrait vérifier que la femme de ménage utilisait les produits indiqués pour les meubles de jardin.

Tout en procédant à un nettoyage méticuleux, il entendit un étrange bruit provenant du toit. Quand il se résolut à aller voir ce qu'il se passait, il discerna une chose qui s'éloignait en volant. Il songea alors à un insecte, ou bien à un minuscule oiseau. Jamais, au grand jamais, il ne se serait douté de ce qui allait se dérouler ce soir-là, rapporterait-il le lendemain à l'inspecteur de police.

La journée se déroula sans anicroche. On avait embauché quelques extras. Landry les avait informés de leur devoir de discrétion et de « professionnalisme ». Il prononçait ce mot avec une voix grave et un ton menaçant qui ne manquait pas de faire effet auprès de ces ouailles éphémères.

Le soir, Garnier arriva à temps : il se trouvait sur le perron avec sa femme quand les premiers invités apparurent. Les dames exhibaient de ravissants décolletés enfouis dans de douces fourrures. Landry prépara des châles sur un plateau. Il les proposerait discrètement à la tombée du jour, pour laisser aux convives le temps de savourer les dernières notes dans une ambiance crépusculaire avant de poursuivre la soirée dans les salons intérieurs. Garnier accueillit une poignée de dirigeants, dont ceux de Buleo et quelques membres du ministère des Transports, avant de se diriger lui-même vers le kiosque. La femme de Lebec, une asiatique aux traits délicatement disposés dans un visage rond, faisait sensation. Personne ne remarqua le léger strabisme de son œil droit. Les pendentifs de ses oreilles entraînaient le regard vers une robe soyeuse et vaporeuse qui se soulevait avec grâce à chacun de ses mouvements. Lebec la laissa aux bons soins de l'athlétique madame Garnier afin d'échanger quelques mots avec le secrétaire d'État :

— Le danger semble écarté, soupira-t-il sans être bien sûr de savoir de quel danger il parlait.

— Ce serait bien dommage que notre plaisantin renonce. Cet intrus nous offrirait une occasion de mettre en œuvre nos dispositifs de sécurité, répliqua Garnier.

— Vous n'y pensez pas, balbutia Lebec en se mordillant les lèvres.

— Si j'ai laissé les dronavenues se construire, c'est que j'ai une totale confiance en nos systèmes anti-drones, répliqua-t-il.

Garnier ne lui dit pas que, parmi les invités, de hautes

personnalités avaient décommandé et que des militaires étaient postés autour de la propriété.

Malgré la tension de ses troupes, le commandant en charge de l'opération de surveillance ne croyait pas, lui non plus, au surgissement d'un drone dans une campagne d'ordinaire des plus bucoliques : même les lampadaires de Sainte-Blandine, la bourgade la plus proche, avaient des allures végétales. Les contrôles d'identité avaient débusqué un voleur patenté et déclenché les foudres d'un paysan qui refusait de se mettre en règle. Le radar avait détecté un ballon météo et une maquette fort bien réussie qu'un jeune garçon avait voulu tester clandestinement dans un champ des environs. Rien de plus : pour lui, il était peu probable que « cet hurluberlu » se paye le culot de lancer un objet volant au nez et à la barbe des dispositifs ultramodernes de ses élites surentraînées.

L'hurluberlu en question attendait à environ quatre kilomètres de là, à la limite de la portée de sa télécommande. Les bosquets d'arbres en boule garantissaient de nombreuses caches : Benjamin s'y était réfugié et avait bricolé un relais afin de pouvoir s'éloigner du camp de base de ses frelons. Sa voiture était garée juste derrière lui. Il avait quitté l'hôtel en fin de matinée sous le regard enjôleur de la réceptionniste et, durant ces dernières heures, il avait organisé des rotations : ses drones se posaient à tour de rôle sur une branche située à deux mètres du kiosque. Il avait assisté aux derniers préparatifs et avait observé les tenues recherchées de son futur public.

Depuis une demi-heure, toute sa troupe était réunie sur

la branche. Il hésitait à en renvoyer un se recharger. Inactifs, ses drones gagnaient en autonomie, mais l'un d'entre eux ne disposait plus que de vingt minutes. Il estimait que l'assemblée était presque au complet : il était près de 18 h, l'heure annoncée pour le concert. Soudain, il vit les musiciens arriver au loin. Il donna la dernière impulsion sans plus réfléchir. Les cinq frelons se dirigèrent vers le haut de la structure. Et ils émirent une étincelle qui provoqua l'embrasement de la coupole : ce furent les ultimes images que Benjamin reçut.

On servait encore des amuse-gueules quand quelqu'un pointa son doigt en direction du toit rougeoyant. Landry, occupé à éponger une sangria qui s'était malencontreusement déversée, ne s'en préoccupa pas, d'autant plus que les musiciens faisaient une entrée remarquée. Des cris agitèrent l'assemblée subjuguée. Certaines personnes coururent jusqu'à la maison. Le service de sécurité empêcha un lancer de bouteille : dérisoire et dangereux. De longues flammes dégringolèrent la pente tout en s'étirant vers le haut. Le bois gémit. Des morceaux embrasés tombèrent entre les pupitres. En atteignant la base de la structure, le feu cessa : une sorte de boudin mousseux aspira en quelques secondes l'effroyable incendie.

Garnier scrutait furieusement le ciel. Lebec, livide, se tenait à deux mains sur une table.

On ne déplora aucun brûlé. Une écharpe avait pris feu, mais sans atteindre sa propriétaire. Les personnes déjà assises sur les chaises disposées devant le kiosque avaient eu le temps de reculer malgré les obstacles. En revanche, le toit du kiosque était entièrement calciné et la structure métallique se déformait dangereusement. Le service de sécurité s'affaira à inspecter les environs et à canaliser les convives vers la sortie, où un escadron de police prit le relais. Garnier s'excusa du regrettable incident sans plus de commentaires. Quand il le pouvait, il renvoyait ses invités à un rendez-vous ultérieur de son agenda bien fourni. Il fit taire les rares présomptueux qui rappelèrent la menace pesant sur la soirée : « Les drones n'ont pas encore la faculté d'être invisibles, que je sache ! » Sa femme garda le même sang-froid en balayant de la main toute commisération pleurnicharde. Ils parvinrent à minimiser l'incident et payèrent grassement le personnel et les musiciens, comptant sur leur discrétion. Cependant, des journalistes réussirent à récolter des bribes de l'évènement sur le parking. Garnier ne sut pas qui les avait alertés.

De son côté, Benjamin avait regagné son véhicule en s'efforçant de ne penser à rien. Il venait d'atteindre l'autoroute. Pourtant, il ne parvenait pas à se calmer.

Soudain, la panique gagna du terrain… Des picotements montaient dans des doigts devenus gourds. Une question clignotait : *Avait-il suffisamment dosé le liquide ignifuge ?* Ses yeux se vidèrent. Sa vision s'altérait. L'air se fit rare. Il ouvrit la fenêtre. L'émotion, trop forte. Il parvint à freiner. *Se rabattre.* Il s'arrêta à la première aire, ses mains tremblaient. Tout ce qui se passait, c'était trop pour lui : il n'avait pas l'étoffe d'un combattant.

Il lui fallut un moment pour recouvrer ses esprits. Il repartit affaibli. En arrivant aux environs de Prabès, il se rendit au cinéma, afin de se donner un alibi pour la soirée. Épuisé, il fut incapable de suivre l'action et dut finalement lire des critiques pour s'imprégner du film.

***

Dès l'aube, Benjamin chercha des informations sur les réactions à l'exécution de ses menaces. Les journalistes relevaient une coïncidence fâcheuse, mais constataient qu'aucune action de drone n'avait été rapportée. Garnier indiquait que même dans les restes calcinés, on ne trouvait pas de trace de drone.

Quand il arriva à son bureau, l'ingénieur fut pris dans un mouvement d'affolement : les tests effectués pendant le week-end avaient montré une faille dans le Junction. Il faudrait deux jours pour la corriger. Le lancement devait être décalé. Son adjoint fut enchanté de donner les directives à sa place. S'il avait été plus en forme, Benjamin se serait réjoui de voir que Peter aggravait la situation. Il ne contesta surtout pas ces initiatives et s'absenta pour envoyer des faux-frelons identiques aux siens à la presse à sensation et au ministère, le tout accompagné des dernières images prises par ses drones.

Deux jours plus tard, la seule concession de Garnier fut d'envisager que l'attentat perpétré pût avoir un lien avec le projet en cours. Interviewé, il resta imperturbable, tel un porte-avions lancé sur un océan. Le lendemain, il déclara : « Quoi qu'il arrive, nous ne céderons à aucun chantage, à aucune pression. » Il se trouvait à une conférence de presse en marge de l'Assemblée générale de l'Unesco à Montréal. Il n'avait pas modifié son programme. De son côté, le ministère ridiculisa l'hypothèse selon laquelle des nano drones auraient enflammé une structure d'une telle taille. Une fois rentré en France, le secrétaire d'État se dit inquiet, sans pour autant remettre en cause un projet « nécessaire pour la société d'aujourd'hui ». Il était fier d'appartenir « à la France, un pays capable de s'engager sur les chemins de l'innovation », et en profita pour indiquer que Buleo passait aux étapes suivantes du programme. Le lancement tant redouté par Benjamin eut lieu le vendredi.

Lorsque les ingénieurs s'aperçurent la semaine suivante que les Junction ne disposaient pas d'un signal GPS tout à fait stable à Toulouse, il y eut un ultime soubresaut du côté de Buleo : lors des tests, les engins avaient été pilotés dans des espaces avec moins d'obstacles que dans les villes. Mais, les responsables de la production se contentèrent d'affiner certains réglages. La machine était équipée d'un tout nouveau logiciel de traitement des images pour corriger la trajectoire en cas de défaillance du signal GPS, jusqu'à ce que le signal se rétablît ; on misa sur lui et on fit taire les rares sceptiques qui se joignirent à Benjamin. Cependant, ce dernier se mit en froid avec les collègues qui le soutenaient encore, dont Mario. C'était une façon toute personnelle de se protéger.

En fin de semaine, les premiers éléments de l'enquête rendaient l'action des faux-frelons de plus en plus plausible. Les médias commencèrent alors à s'intéresser aux dangers des drones. Le projet Junction eut mauvaise presse. Simultanément, il bénéficiait d'une publicité opportune : Tanya permit que chaque communiqué fût aussi l'occasion d'annoncer aux Français qu'ils pourraient bientôt accéder à une nouvelle ère, et ceci avant les Américains. Finalement, Benjamin assista impuissant à un souffle de sympathie galvanisant le projet. Les dernières péripéties avaient même revigoré l'élan des équipes. Garnier en sortait vainqueur. Cela ressemblait à une vaste farce. Ou à un jeu de massacre.

Pris dans son élan destructeur, Benjamin travailla encore sur un programme permettant que le Junction s'autodétruisît quand il s'écartait de sa route : il avalait des ouvrages entiers en un temps record et il en produisit des synthèses qui l'étonnèrent lui-même. À sa grande surprise, Lebec, qu'il rencontra dans le silence d'un étrange vendredi soir, l'autorisa à poursuivre ; il n'osait pas l'avouer à Garnier, mais lui, il avait été convaincu de la dangerosité du Junction lors de l'épisode du kiosque à musique parti en fumée.

***

Le lendemain, Benjamin se rendit dans la maison d'Emma pour y retrouver Gabriel – ils avaient choisi ce lieu par mesure de discrétion. L'endroit lui était toujours familier malgré le temps : Benjamin y décela les traces de sa tante, en particulier au travers de ses photos qu'elle exposait généreusement. Et chaque pièce portait le souvenir de ses discours provocateurs, entremêlés de paradoxes, qui avaient accompagné l'entrée du jeune homme en société. Les protestations d'Emma avaient transformé le garçon rêveur qu'il était en un adolescent habile aux conversations. Ce qui, d'ailleurs, lui avait valu d'affronter Gabriel, à l'époque jeune adulte et déjà pétri de principes. Leur amitié avait été initiée par une joute verbale mémorable.

En entrant, Gabriel lui fit remarquer qu'il n'avait pas bonne mine. Il eut un air réprobateur en voyant le repas improvisé que Benjamin avait apporté, mais ne commenta pas. Alors qu'il se rapprochait du feu, ses cheveux embroussaillés prirent des lueurs rousses dans la lumière des flammes. Sa carrure, épaisse et voutée, contrastait avec celle de Benjamin, fine et musclée.

Il s'épancha sur ses recherches :

— J'ai potassé des publications pendant l'après-midi. Tu ne devineras jamais, il paraît que des chercheurs ont découvert une plante carnivore qui préférerait les frelons à nos amis les abeilles. D'après les statistiques, elle aurait même une prédilection pour l'espèce asiatique.

Contrairement à son habitude, Benjamin ne chercha pas à en savoir plus. La bougie, le froid, les pizzas dans un carton créaient une ambiance qui ressemblait à ce qu'il avait vécu ici. À côté d'eux, un rideau s'ouvrait sur un lit dans un bâti de bois. Il se mit à parler de sa tante.

Il y avait eu des esclandres peu glorieux, au village ou en famille. Également des élans, soudains, étonnants : sa tante avait, par exemple, aidé une petite gitane vivant dans un campement temporaire. Quand elle avait appris que la fillette et sa famille avaient été expulsées, Emma était retournée sur les lieux, un espace gris et craquelé, non loin du parking du supermarché situé dans la plaine. Elle y avait retrouvé ses cahiers d'écritures. La quinquagénaire avait passé du temps à lui apprendre à former ses lettres, puis à lire les mots qu'elle avait laborieusement dessinés. Elle savait que ces cahiers avaient de l'importance pour la fillette. Alors, Emma s'était ingéniée à remuer ciel et terre pour lui rendre son bien.

Gabriel attisait le feu ; les plissures de ses yeux encourageaient ces remémorations. Son bouc, parsemé de cristaux blancs, encadrait une expression adoucie. Il écoutait attentivement son ami, bien que ces histoires n'eussent rien de nouveau pour lui. Benjamin lui en fut reconnaissant. Il lui était agréable de raviver ses souvenirs avec quelqu'un qui avait connu sa tante. Adepte des rencontres, il appréciait de se reposer sur une vieille amitié en ces temps nébuleux. Quand Benjamin s'arrêta de raconter, Gabriel laissa durer le silence, puis il s'assit à la table, décapsula une bouteille et demanda :

— Et alors ces frelons ? Ils ont fait leur boulot ? Finies les dronavenues ?

— Leurs défenseurs sont coriaces, regretta Benjamin en soupirant.

Il lui relata l'affaire du kiosque à musique enflammé vue par de tièdes médias. Quelques clapotis dans un océan d'exaltation. Le Junction était toujours là, chimérique et menaçant. Inébranlé.

— Mince alors ! Tu vas faire quoi maintenant ? l'interrogea Gabriel.

— Je ne sais pas. Il faudrait que j'atteigne les gens, monsieur tout le monde. Peut-être avec un film farci d'effets spéciaux. Une voiture qui se donne des airs d'avion, par exemple.

Il ajouta :

— Qu'est-ce que tu ferais, toi, à ma place ?

— Je quitterais ces graines de dégénérés, répondit Gabriel sans hésitation.

Quitter Buleo. Bien sûr. Logique. Benjamin ne trouva pas la parade. Puis, il se lança dans une explication maladroite de ce qu'il devait à son entreprise, en terminant par un sujet qui hérissa son ami.

— ... Grâce à Buleo, j'ai aussi appris à partir. Il est parfois inutile de s'acharner à rester. Il faut savoir faire confiance à un ailleurs.

Là, Benjamin allait trop loin. Gabriel s'emporta :

— Putain Ben, le respect de ton pays, de tes parents, des tiens quoi, qu'est-ce que tu en fais, hein ? attaqua-t-il.

— Que crois-tu ? Quand on est ailleurs, on efface tout et on recommence ? Tu n'y es pas du tout, mon vieux. Partir, c'est aussi une façon de se regarder en face, de se remettre en cause et d'avancer. Et c'est toujours pour ceux qu'on aime qu'on essaie de faire au mieux.

— Ok, garde tes leçons pour toi.

Gabriel ajouta :

— En attendant, si tu veux toucher les gens, il faut que tu te mouilles un peu, mon gars.

Benjamin explosa.

— Gaby, je risque la prison là ! Tu trouves que je ne me mouille pas assez ?

Il baissa la tête :

— En plus, je ne suis pas spécialement fier de moi. Ce type, Garnier, il m'aurait peut-être écouté si j'avais réussi à l'atteindre. En réalité, c'est grâce à ce genre de grands pontes qu'on peut lancer des projets ambitieux. Et moi, tout ce que j'ai trouvé pour me faire entendre, c'est foutre le feu à un kiosque à musique.

— Ok. Je te la pose, Ben, la question, parce que je n'y comprends plus rien : tu pourrais m'expliquer pourquoi tu te tires une balle dans le pied alors ?

Benjamin hésita :

— Je sais maintenant qu'un drone programmé pour les meilleures intentions qui soient peut accomplir des actes terroristes. Mais, si je révèle comment je le sais, je risque la mort.

Gabriel se moqua de lui. Pas un instant il ne crut son ami menacé. Ce dernier avait tendance à forcer le trait.

— Là, tu es tout à fait vivant. Cela dit, te connaissant, il se pourrait bien que le silence te fasse mourir à petit feu. Te taire, toi ? À d'autres.

Gabriel prit finalement congé peu après leur repas. Benjamin resta un moment encore, confus. Il empoigna un balai de branchettes pour écarter la poussière des pierres carrelant le sol. Elles reprirent des couleurs.

Un bip lui annonça l'arrivée d'un message de Stella : « Le costume de Pinocchio, c'est géant. Alors j'ai commencé la gamme garçon. Tu as un avis pour Davy Crockett ? » *Quelle opiniâtreté ! Quelle motivation pour continuer à s'émerveiller, à connaître de nouvelles choses !* Stella se battait avec des moyens d'enfant pour combattre des soucis d'adulte. Et elle se débrouillait plutôt bien. Il lui répondit instantanément. « Les médecins me

disent que je vais bientôt pouvoir essayer de marcher »,
ajouta-t-elle avec une orthographe approximative. Ce qui
lui rendit le sourire. Il se promit de prendre de ses
nouvelles auprès de Tanya. En rentrant chez lui, il se dit
que Gabriel avait peut-être raison. *S'il mouillait la
chemise, s'il s'impliquait lui directement, on l'écouterait
davantage.*

Le dimanche le sortit de son désarroi en le plongeant
dans le concret : sa mère l'avait appelé pour qu'il vînt
aider à l'agnelage, une phase critique dans le métier. Il ne
fallait pas perdre ni les brebis qui fourniraient du lait
ensuite, ni les agneaux qui seraient vendus pour leur
viande, ni les agnelles qui permettraient le renouvellement
du troupeau de brebis. Ses parents peinaient à s'en sortir
seuls. La vente des agneaux et du lait (pendant six mois
seulement) paraissait dérisoire à Benjamin. Un
microcircuit par rapport à l'envergure du périmètre dans
lequel il travaillait. Des sommes dont on ne pourrait pas
imaginer dans son milieu qu'elles pussent faire vivre deux
personnes.

— Cette année, on a eu de bons mâles, en pleine santé,
commenta son père quand il l'emmena à l'intérieur de la
bergerie.

— Ah oui ? dit Benjamin, le regard fuyant.

Plusieurs brebis avaient déjà mis bas. L'une d'entre
elles avait eu trois agneaux, fait rare. Son père les avait
« encastrés » dans un petit enclos afin que la brebis
reconnût leur odeur, les séchât en les léchant et les laissât
téter, rapidement pour éviter un refroidissement. Ils
resteraient dans ces cellules individuelles jusqu'à ce qu'ils

se nourrissent tous seuls.

Pendant la journée, Benjamin donna le biberon à un agneau – la mère n'avait pas encore de lait – et surveilla les brebis encore grosses. Ses parents se concentrèrent durant ce temps à la mise bas de deux autres brebis. L'une d'entre elles était très jeune ; ils savaient que ce serait compliqué. L'agneau mit une heure à sortir. Quand il arriva enfin, les pattes en avant, ses parents exprimèrent leur soulagement en invitant Benjamin à venir boire un verre à la cuisine.

Cet intermède lui donna la satisfaction de remplir son devoir familial, mais il n'y prit pas plaisir. En retournant au travail le lendemain, il se sentit désorienté. Où diable était sa place ?

***

À force d'éconduire ses collaborateurs et ses collègues, Benjamin se sentait aussi seul qu'un berger caussenard, mais en lieu et place des pâturages, il n'avait qu'une moquette grise et rase : la vie au bureau était devenue un enfer pour lui, d'autant plus que les livraisons s'accéléraient. Après Nantes et Paris, d'autres villes s'équipaient d'une dronavenue. Il sentait le danger grandir et, malheureusement, ses prémonitions ne tardèrent pas à se concrétiser : quelques jours plus tard, il reçut le sinistre appel qui fut le déclencheur de son combat. Il se rendait chez Lolo et arrivait sur la place située au-dessus.

Il n'identifia pas tout de suite son interlocuteur. Bien

qu'il fût habitué à recevoir des appels de l'étranger, l'indicatif lui était inconnu. L'homme s'exprimait dans un mélange d'anglais et de français.

Cette voix, suave et rugueuse à la fois. Sa respiration se bloqua. *Khan !*

— Monsieur Delmas, vous me reconnaissez, n'est-ce pas ?

Il n'attendit pas la réponse et poursuivit :

— Je reviens de France et j'ai pensé à vous. C'est grâce aux journaux... Les frelons, c'est vous, non ? Quand j'ai lu cet article dans l'avion, je vous ai reconnu : le fait de recouvrir des drones de tissus animaux pour les rendre furtifs, cela vous ressemble. J'ai beaucoup d'admiration pour votre travail et je vais vous demander un autre service.

— Allez-vous faire foutre, lui répondit en substance Benjamin.

Il faillit raccrocher mais il se retint lorsqu'il entendit l'Afghan parler du Junction :

— Vous avez tort de vous emporter. J'ai juste besoin de me procurer quelques Junction dont on aurait malencontreusement désactivé la sécurité.

— Il n'en est pas question, fulmina l'ingénieur.

— Soyez raisonnable, monsieur Delmas. Souvenez-vous des photos prises à Kefkan... Il me serait assez facile, je crois, de démontrer que vous êtes le génial inventeur du drone qui a sévi à Kefkan. Mais, rassurez-vous, je n'ai pas l'intention d'en arriver là. Ce serait tellement dommage.

Benjamin s'effondra sur un banc de la place. La perfidie de Khan le désarmait. Il gardait le téléphone collé à l'oreille par réflexe. Puis il laissa sa colère éclater :

— Vous avez pourri ma vie de l'intérieur. Les gens de votre trempe nous obligent à vivre comme au Moyen Âge. C'est à cause de vous qu'on se farcit ce putain de principe de précaution. Pour chaque connard de votre espèce, on se coltine des années-lumière de code pour que chaque millimètre de progrès ne se transforme pas en un cauchemar planétaire.

— Monsieur Delmas, ne parlez pas de ce que vous ne connaissez pas. Les gens de mon espèce, comme vous dites, nous faisons le sale boulot à votre place. Et pour cela, nous avons besoin de moyens.

Khan raccrocha en précisant qu'il rappellerait.

Benjamin se leva et se dirigea mécaniquement vers le bar de Lolo. Il resta si longtemps hébété devant le Schweppes que lui avait servi son ami, que ce dernier l'emmena de nouveau dehors, jusque sous le chêne. Le trentenaire fixa le banc, incrédule. Lolo commenta simplement :

— Tu n'as pas l'air bien.

Il posa la main sur son bras. Il était perplexe. Ils s'assirent en silence, ce qui était suffisamment inhabituel pour être souligné. L'ingénieur se remémora ses questionnements sur la spirale poussiéreuse qui l'emmurait vivant dans ce lieu sans avenir. Puis la lumière et les couleurs qui creusaient un passage dans l'édifice, quand sa tante Emma lui parlait d'ailleurs. Lolo ne pouvait pas comprendre. Lui avait fait le chemin inverse – il avait quitté la ville pour chercher le calme, pour fuir le genre d'ambition que Benjamin avait nourrie en s'échappant vers le monde. Les mots peinaient encore à sortir de sa bouche : le globe-trotter essaya maladroitement de plaisanter. Lolo s'adossa et le prit au mot, leur échange devint si absurde qu'un rire les secoua.

Benjamin rentra chez lui un peu rasséréné. En pénétrant dans l'entrée, il s'arrêta devant son saxophone. Souvent, sa tante lui demandait de lui jouer « quelques notes ». Le souvenir de son regard empreint de fierté le soulagea et il eut envie de jouer. Il s'en saisit et se rendit sur le promontoire du Diable.

En arrivant en haut, il songea à elle.

Elle, qui avait pris son envol d'une falaise, là-bas en Écosse. Le corps avait été rapatrié à Prabès, mais il avait su qu'elle avait sauté du haut des falaises déchiquetées, celles qu'elle lui avait montrées lorsqu'il était allé la voir là-bas. Pour la première fois. Et, la dernière. Il imagina son corps en bas, sur la minuscule grève noire, les bras en croix. *Victime ? De quoi ?* Il s'avança vers le rocher suspendu au-dessus du vide. Qu'est-ce qui collait ses semelles à la terre ferme et empêchait qu'il l'imite, là, maintenant ? Il sortit le saxophone de son étui et installa l'anche sur le bec. Il dirigea le pavillon de son instrument vers le ciel et lança quelques sons, puis entama un morceau qu'il travaillait en pensant à elle un mois avant sa mort. L'état second qui l'avait si souvent paralysé quand il se remémorait l'acte insensé de sa tante menaçait de le reprendre. Le soleil tombait, la pénombre enveloppa Buleo. Les lumières de la vallée se faisaient plus présentes. *Pas les écoles...* La fillette de Kefkan, sa famille. Tous ceux qu'il avait aimés dans sa vie mouvementée. Également les amis de ses amis. Plus encore : ceux qu'il croisait dans le métro, les rues, les avions. Personne ne méritait que l'on remît impunément une arme à la portée de monstres prêts à sacrifier des innocents. Il se perdrait s'il restait englué dans son silence : il allait dévoiler ce qu'il savait, la manipulation dont il avait été victime. Le Junction ne servirait pas des intérêts malveillants. Il leva le regard vers la ville dans laquelle habitaient Tanya, et Stella. En songeant à la fillette, il chassa toute velléité de se soustraire à sa résolution toute neuve.

« La vie l'emportera. » La petite phrase de Luis lui revint en mémoire et le conforta dans sa décision d'engager ses convictions d'ingénieur et de lutter contre le danger que représentait Junction.

3e partie

Coup d'envoi

La nuit suivante fut longue et remplie de contradictions. Le costume de héros était difficile à endosser. Mais, Benjamin était maintenant déterminé à prendre le risque de divulguer les dessous de l'affaire de Kefkan. Afin que son sacrifice ne fût pas vain, il fallait que son histoire fît plus de bruit que l'engouement provoqué par le lancement du Junction. Le maître mot était communication. Dans ce domaine, la seule personne qu'il connaissait était Tanya. Il n'avait pas le choix. Le lendemain, à la première heure, Benjamin marcha d'un pas décidé jusqu'à son bureau. Comme Tanya était déjà occupée avec une collègue, elle lui fit signe de s'installer à une table ronde sur le côté. Benjamin nota des changements dans son apparence. Ses habits étaient plus clairs. Son haut souple aux motifs audacieux la rajeunissait. Un foulard raffiné pendait ostensiblement sur le portemanteau.

Lorsqu'elle mit fin à ses délibérations et qu'elle se leva, il apprécia le bleu turquoise de sa jupe qui adoucissait l'ensemble de sa tenue. Elle s'assit à la table puis croisa ses jambes sur le côté pour développer son sujet de prédilection : le lancement des premiers Junction. Convaincue d'avance du progrès qu'ils apporteraient, elle s'identifiait à leur succès imminent. *Quel gâchis,* songea-t-il. Quand leurs usagers s'apercevraient que les dronavenues pouvaient se transformer en un terrain de jeux macabres, elles deviendraient des zones vides et inutiles. Mal famées. Avant que l'on ne démontât leurs équipements pour rendre aux voitures l'espace qu'on leur avait pris. Benjamin tourna la tête pour ne pas montrer sa réprobation et éluda en demandant des nouvelles de Stella. Tanya changea d'expression. Un mouvement quasi imperceptible détendit la commissure de ses lèvres et une fine ridule de son front.

— Cette fois-ci, ses os réagissent normalement. Son corps se bat. Elle va y arriver.

Un silence s'ensuivit. Elle reprit :

— Monsieur Delmas, je suis sûre que sous vos airs bougons se cache un véritable amour pour nos drones.

Benjamin soupira en pensant qu'elle n'était pas si loin de la vérité. Sa passion pour cet engin restait malgré tout intacte.

— Eh bien…

— Et je parie que vous aimeriez que votre travail soit reconnu, avança-t-elle avec un sourire malicieux en s'adossant à sa chaise.

— C'est-à-dire que…

— Pas de fausse modestie, j'ai entendu parler de vous. Et pas seulement de vos incartades.

— En fait, je suis venu profiter de vos talents en communication, déclara-t-il doucement en posant ses mains sur la table. Pour suspendre cette mascarade.

Le regard de Tanya devint glacial. Elle se dressa et joignit les mains derrière le dos :

— Sortez ! ordonna-t-elle.

— Tanya, Stella m'a ouvert les yeux. Il n'est pas

possible que des petites filles comme elle puissent être mises en danger. Nous devons tout mettre en œuvre pour que la future génération évolue en sécurité.

— Je vois, monsieur le gentleman veut protéger le monde du progrès, railla-t-elle. Vous auriez dû y penser plus tôt. Il est un peu tard : les ventes sont en train de flamber.

— Votre fille croit à son avenir, malgré tout ce qu'elle a vécu… Et, nous devons agir pour que demain, elle puisse y croire encore.

— Ne mêlez pas ma fille à tout cela ! répliqua-t-elle avec force.

Elle fulminait au milieu de la pièce. Benjamin se leva à son tour, contourna la table et lui prit les mains. Elle eut un mouvement de recul, mais elle ne les retira pas. Une émotion traversa son visage ; ses traits impassibles tressaillirent.

— Tanya, vous vouliez connaître mon histoire d'ingénieur chez Buleo. J'ai encore beaucoup de choses à dire. J'ai une longue expérience dans le domaine des drones. Je vais tout vous raconter, mais c'est pour vous supplier de négocier un entretien avec Garnier. Ce projet insensé doit être revu. On ne peut pas laisser le Junction sur ses dronavenues, du moins pas tel qu'il a été prévu.

Tanya dégagea brusquement ses mains et le somma de s'expliquer. Il lui avoua tout. Son ambition. Son acharnement au travail. Son dévouement pour cet objet qu'il croyait miraculeux une fois armé de sa science. Puis Khan, le perfide. L'attentat. La mort dans un trou béant. Les menaces de l'Afghan pour s'assurer de son silence. Elle l'écouta attentivement. Alors, il poursuivit, aborda même le suicide de sa tante, tout aussi absurde, qui l'avait menotté, indéfiniment, insidieusement. Récemment, il y avait eu Stella. Une étincelle dans son brouillard.

Quand il eut fini, elle resta figée et afficha une grande tristesse. La sensation de pouvoir qu'elle éprouvait était trop exaltante pour qu'elle y renonçât : Tanya accédait au sommet de sa réussite, elle, la Moldave qui n'avait rien, ou presque, lorsqu'elle était arrivée à Paris avec ses parents. Quelques mois auparavant, quand son amie Lucie lui avait glissé à l'oreille le chiffre de son nouveau salaire, l'envie l'avait étreinte. Tanya n'aurait bientôt rien à lui envier. Elle le méritait. Et, il y avait tout ce qu'elle voulait offrir à sa fille dès que celle-ci pourrait être sur pied. Depuis combien de temps n'avait-elle pas pris de vacances ? Plus d'un an. Un palmarès de guerrier. Non, décidément, on ne pouvait pas lui ravir ce moment. Cependant, il lui aurait été agréable d'y associer Benjamin. *Non : elle aurait vraiment aimé y associer Benjamin*. Et lui, le traître, il projetait de contrer le Junction ! Elle détourna le regard. Benjamin comprit qu'il ne la persuaderait pas. Néanmoins, alors qu'il quittait la pièce, dépité, elle l'arrêta :

— Je ne parlerai pas de vos intentions à Garnier, concéda-t-elle en plissant le front.

Elle ajouta :

— C'est tout ce que je peux faire pour vous.

C'était beaucoup pour elle. Alors qu'il s'apprêtait à refermer la porte derrière lui, il hésita, puis retourna à l'intérieur et la repoussa lentement dans ses gonds.

— Merci, dit-il simplement.

— Vous nous quitterez alors ?

Elle s'approchait de lui. Il répondit en la regardant franchement :

— Je crains que oui. Une fois que j'aurai raconté mon histoire, cette fois-ci, j'aurai fait tout mon possible. Ensuite, il faudra que je fuie. Risquer ma vie en restant à découvert n'apporterait rien. Je suis bien placé pour savoir que la vengeance de Khan peut être terrible.

— Stella va être triste.

— Je sais que vous serez là pour elle.

Un silence se fit. Elle baissa les yeux.

— Vous savez, vous, la faire rire. Je ne sais pas faire. J'aimerais m'en occuper mieux.

Il énuméra :

— La verrière, le chien, l'habilleuse, le grand écran, la guitare, les tours en ambulance… Qu'est-ce que j'ai oublié ?

— Après le Junction et la convalescence, nous ferons mille choses ensemble, promit-elle en souriant.

Elle renchérit :

— Ma fidélité à Buleo, c'est aussi pour Stella. Elle ne doit manquer de rien. Vous comprenez ?

Tanya était à quelques centimètres de lui. Benjamin hésita. *Avancer d'un pas ?* Ce n'était pas le moment. Il devait aller au bout de son offensive contre les dronavenues.

— Merci, répéta-t-il.

— Bientôt, nous ne serons plus dans le même camp, Benjamin, rappela Tanya.

— Tu pourrais me dénoncer, énonça-t-il avec une grande douceur.

— Je devrais ?

Il la regarda dans les yeux :

— Pour tous les enfants comme Stella qui croient que les adultes les protègent, non, tu dois me laisser agir.

— J'espère que tu as raison.

Il plongea son regard dans le sien et elle le soutint avec un sourire triste. Il respira longtemps l'air adouci par son parfum. Il regrettait de devoir quitter le siège et songea qu'il aurait pu s'y établir avec bonheur.

Les jours suivants, il se sentit comme Ulysse dans son cheval de Troie. Ses collègues, mis à part Mario, ne se doutaient toujours pas qu'il était en train de trahir sa maison, son univers familier, ce qui ressemblait le plus pour lui à un domicile finalement. C'était un peu comme un jeu de stratégie : on avance des pions, on engage des actions distinctes qui convergent subrepticement vers un objectif précis. Il fallait agir vite. Sous couvert de son rôle de responsable de projet, il se mit en contact avec des ingénieurs, des journalistes de tous médias, des scientifiques, des sociologues et des membres de clubs hétéroclites touchant de près ou de loin à l'exploitation de l'espace aérien. Parfois, il s'agissait simplement de contacts virtuels sur internet qu'il arroserait de ses publications une fois qu'elles seraient mises en forme : il projetait de créer un montage de quelques minutes qui, le moment venu, devrait taper fort, ainsi qu'un prospectus, sur la base d'images choquantes. Les photos qu'il trouva de Kefkan montraient uniquement l'impact de la bombe et les corps alignés. Il élargit ses recherches à tout le corridor du Wakhan afghan. Un ami dessinateur permit que ce lieu revécût au centre d'une affiche apocalyptique.

Bien que le Junction commençât déjà à être utilisé dans les villes pilotes, il prit le temps nécessaire pour programmer son offensive. Pendant plusieurs jours, il entra dans une sorte d'état second, à tel point que Mario se méprit et crut une dernière fois qu'il réintégrait les rangs. Il lui trouva bonne mine. Effectivement, Benjamin recouvrait ses forces. Son esprit logique prenait le dessus et il était en accord avec lui-même, ce qui le rasserénait… du moins pour un temps.

Quand il se sentit prêt, il s'éclipsa de Buleo sans se retourner.

Il monta d'abord à la ferme de ses parents afin de les prévenir qu'il manquerait probablement le rendez-vous de Noël, et celui de Pâques aussi. Il y trouva sa mère ; elle en fut déchirée. Il la réconforta, un peu plus que d'ordinaire. Il avait appris de sa tante combien ses parents s'étaient privés pour qu'il eût tout ce qu'il lui fallait. Elle lui avait fait promettre de ne rien dévoiler, car ils ne voulaient pas qu'il le sût. Jusqu'à ce jour, il n'avait jamais pu leur exprimer sa reconnaissance. Le risque que lui ferait prendre sa campagne médiatique le rendit lyrique. Enfin. Sa mère sortit alors de sa réserve pour évoquer Emma, et sa compagne :

— Elles étaient revenues là toutes les deux.

Elle précisa :

— Emma et sa…

— Stecy ?

— Oui. Il ne faut pas croire, Benjamin, on a des traditions, des façons de vivre et c'est vrai que de les voir se tenir la main… c'était pas normal.

Il la laissa parler. Elle poursuivit, d'une voix blanche :

— On ne savait pas quoi dire, mais je te jure, mon fils, on ne les a pas repoussées. Même le père, il n'a trop rien dit quand elles sont venues dîner.

Elle raconta la semaine qu'elles avaient passée au pays, un peu comme des touristes perdues dans un chemin sinueux de vacances.

Elle conclut :

— Peut-être qu'au début Emma s'est sentie rejetée : quand elles sont parties, j'ai eu l'impression qu'elle se punissait elle-même. Mais ça n'explique pas tout. Au début, quand elle s'est installée en Écosse, elle m'appelait encore. Puis, elle a arrêté de téléphoner. C'est dans sa tête que c'était trop compliqué. Elle aurait pu revenir dans sa maison ici. Avec son amie. Si elle ne l'a pas fait, c'est qu'elle n'en avait plus la force.

Benjamin resta silencieux. Comme la plupart de ceux qui connaissaient Emma, il avait reporté la faute de son suicide sur sa relation « étrange ». Cette discussion lui fit comprendre que la réalité était plus complexe qu'elle n'y paraissait. Il serra sa mère contre lui en lui demandant de transmettre ses adieux à son père. Il la quitta la larme à l'œil.

Il passa chez Lolo, pour lui annoncer qu'il partait. Occupé, et habitué à ses départs, son ami s'étonna à peine. Benjamin ne chercha pas à en dire plus. *Est-ce que son action ébranlerait leur amitié de longue date ?* Il le regarda servir ses clients, glisser un petit mot : « Ernestine, on n'en parle pas trop, ça ne va pas mieux, hein ? s'inquiéta-t-il.

— … Non, t'as raison, on ne va pas en parler. »

Lolo donna un regard compatissant. Ses « habitués », c'était « sacré », avait-il coutume de dire. C'était bien par vocation qu'il avait quitté Lyon pour se dévouer auprès des habitants épars du village et auprès des quelques touristes qui s'aventuraient jusqu'à eux. Lui comprendrait que son mouvement n'était pas une fuite, qu'il visait l'essentiel, se persuada l'enfant des Causses. Comme lorsqu'il partait découvrir… pour se trouver.

Ensuite, il s'installa sous le chêne de la place afin d'informer Gabriel. Il lui envoya un SMS sibyllin pour ne pas le mettre en difficulté. Lui n'avait pas besoin de beaucoup d'explications.

Il se rendit enfin chez les Merbès. Comme il s'y attendait, Tanya était absente. Stella était maintenant dans un fauteuil roulant. Lorsqu'il lui annonça la nouvelle, elle n'eut d'abord aucune réaction.

— Tu reviens quand ? demanda-t-elle d'une voix froide en faisant avancer son siège.

— Je ne sais pas.

Elle se détourna.

— Papa, quand il me dit cela, je ne le vois pas pendant des jours et des jours. Une fois, il n'est pas revenu durant un mois entier.

Benjamin n'avait jamais été doué pour les discours dans ce genre de situation. *Comment lui exprimer qu'il allait se battre pour elle, pour tous les innocents qui ne méritaient pas qu'on laisse une épée de Damoclès au-dessus de leur tête et que s'il ne le faisait pas, il ne pourrait plus la regarder en face ?* Une fois exécuté, son plan le mettrait en danger : Khan le pourchasserait. Il n'avait pas le choix, il fallait qu'immédiatement après, il se cachât, longtemps. Il la regarda intensément. Elle capta sa douleur et soupira ; il songea qu'elle ne pouvait pas comprendre et ne chercha pas à s'expliquer. Au lieu de cela, il lâcha :

— Stella, je ne suis pas quelqu'un de bien.

— Ça n'est pas vrai ! hurla-t-elle, des larmes dans les yeux, avec une telle conviction qu'il en fut ébranlé.

— Écoute-moi. On va faire quelque chose : as-tu une adresse mail ?

— Oui, Papa m'en a créé une et m'a montré comment faire.

Benjamin, qui avait une piètre opinion de cet homme, le remercia en pensée de cette attention. Elle arracha un morceau de papier à un cahier et la nota précipitamment. Il lui assura qu'il trouverait un moyen de la joindre.

— Je t'écrirai, mais il faut que tu me promettes de ne rien raconter à personne.

Elle ne répondit pas. Alors, il déposa le plus tendre de ses baisers sur sa joue rebondie. Elle entoura son cou de ses petits bras. Et serra.

— On se reverra. Je te le promets, s'engagea-t-il d'une voix étranglée.

Et, comme s'il se parlait à lui-même, il ajouta en quittant la chambre :

— Sinon, cela n'en vaudrait pas la peine.

***

Le lendemain, Benjamin déclencha les hostilités au studio de Radio Causses, une chaîne radio locale des Grands Causses. Il s'était présenté bien à l'heure et on l'avait immédiatement conduit dans une pièce vitrée. Il n'eut pas le temps de s'intéresser aux multiples réglages des machines clignotantes qui cliquetaient sur son côté, qu'une journaliste l'avertit que le générique se lancerait dans quelques minutes. Ils se turent quand il emplit la pièce et la jeune femme lui jeta un regard encourageant.

— Monsieur Delmas, au Pérou, vous avez monté des drones capables de cartographier des sites archéologiques malgré une poussière environnante gênant considérablement les prises d'images ; ces sites ont ainsi été protégés in extremis de l'urbanisation. Aux États-Unis, vous avez été l'un des premiers à concevoir des drones pour le tournage de films. Ils ont été interdits pendant un temps, mais la législation est en train de s'assouplir de nouveau, montrant que vous avez eu raison de les lancer sur ce créneau.

Elle reprit son souffle et poursuivit d'une traite :

— En Chine, le Panda géant, espèce en danger dont on dénombre moins de deux mille spécimens en liberté, est surveillé de près par vos engins. Leur endurance permet le survol de forêts étendues, performance inespérée, car le WWF dispose de fonds limités. Vous avez mis au point un système de recharge solaire ingénieux en récupérant de vieux panneaux solaires. Enfin, récemment, les essaims de drones que vous avez mis en place pour le compte des réseaux ferroviaires italiens ont remplacé avantageusement des vols d'hélicoptère coûteux…

Benjamin se renfrogna. La journaliste en faisait trop, mais de sa verve dépendait le succès de son opération : contrairement à ce que laissaient supposer les longueurs qu'elle déversait, il ne disposait que de peu de temps pour convaincre un public limité. On l'avait averti que le sujet suivant était déjà prêt à être enchaîné.

— … Et, vous venez sur notre plateau annoncer votre démission de Buleo, après lui avoir consacré une carrière bien remplie. Pourquoi, monsieur Delmas ?

« Une carrière… », ce mot le fit tiquer. Il ne s'agissait pas d'une carrière, mais de sa vie. La journaliste s'adossa à sa chaise et ramena ses mains l'une sur l'autre : c'était à lui de jouer. Il répondit en articulant.

— En effet, je ne veux pas participer à un projet qui met nos villes en danger. Le Junction n'est pas suffisamment équipé pour contrecarrer des détournements malveillants. Et je peux témoigner que cette menace n'est pas à prendre à la légère parce qu'une action terroriste a déjà été perpétrée à mon insu, avec un drone de Buleo. Que l'on ne se méprenne pas : il ne s'agit pas de dire que le drone est à bannir. Je crois qu'il deviendra un objet du futur. Mais, pas comme cela, pas en donnant l'illusion qu'il est inoffensif.

Il déclara que, lui, l'ingénieur reconnu, s'était fait berner et révéla qu'un engin issu de la science de Buleo était à l'origine du massacre de Kefkan. Sa voix se cassa quand il rappela que des enfants y avaient péri. Puis lorsqu'il dénonça l'homme qui l'avait conduit à sa perte, des accents de colère émaillèrent ses propos, mais il resta précis.

— Il y a quatre ans, Habib Khan, un homme d'affaires afghan, m'a contacté pour me passer commande d'un drone censé aider ce village du Wakhan. Cette région, située à l'est de l'Afghanistan, est quasi inaccessible. J'ai conclu à un élan humanitaire provenant d'un homme mûr qui voulait agir pour son pays, pour les siens. Il m'a dit travailler dans l'import-export. Il m'a tellement mis en confiance que je ne me suis pas inquiété de ses motivations. Je suis même monté à Kefkan pour découvrir le village qui allait bénéficier de notre action prétendument bienfaisante. J'étais emballé par ce projet.

Il s'interrompit un court instant, se remémorant la beauté de ce lieu retiré. Son extrême simplicité aussi. Et la sérénité qu'il semblait exhaler. En songeant aux dernières photos que Khan lui avait envoyées afin de l'acculer, il serra le poing : on le voyait nettement en arpenter les rues. Manifestement, cet homme calculateur l'avait fait suivre régulièrement. Néanmoins, l'ingénieur poursuivit en donnant les raisons qui avaient conduit Khan à commettre son crime. Il fallait que son histoire fût crédible.

— J'ai appris plus tard que son fils Mohammed avait été enrôlé par un groupuscule taliban. Il en était mort. Les responsables de l'opération qui avait mal tourné vivaient à Kefkan : son acte était une vengeance. Rien dans son attitude ne laissait présager ce qui allait se passer. Khan était peu bavard, mais il paraissait raisonnable.

Benjamin avoua aussi sa propre implication dans le projet : l'idée de créer un drone furtif en forme d'oiseau capable d'échapper aux Américains venait de lui. Inutile de minimiser. Enfin, il se redressa pour déverser son émotion, le déferlement de sentiments qui l'avait assailli lorsque l'annonce de l'attentat avait éclaté, peu après sa livraison :

— Quand j'ai vu les images à la télé, d'abord, je n'y ai pas cru. Puis j'ai été plongé dans un état quasi léthargique pendant plusieurs jours.

Ses mains tremblaient tandis qu'il revivait ce moment, mais il se reprit rapidement pour achever son récit.

— Lorsque j'ai émergé, un émissaire dépêché chez moi par Khan m'a fait comprendre que je devais me taire. Il m'a laissé des photos prises à mon insu lors de réunions de travail. Elles montraient ma confiance envers cet homme et mon engagement dans ce projet. Sur la dernière, on me voyait lui serrer la main. Elles étaient accompagnées d'une lettre me menaçant de représailles. Khan était extrêmement déterminé. Sachant qu'il était capable de tuer sans s'embarrasser de scrupules, je n'ai pas eu le cran de le dénoncer à ce moment-là.

Il expliqua ensuite que Khan l'avait recontacté, qu'il projetait vraisemblablement un nouvel attentat. D'autres comme lui pourraient manœuvrer insidieusement : il décrivit précisément ce qui le portait à penser que les conditions de sécurité n'étaient pas réunies pour que l'on envisageât de laisser le Junction traverser les villes, en omettant certains détails afin de ne pas faciliter le travail de ceux qu'il craignait. Il conclut en révélant que Khan était, à l'heure où il parlait… en France, pour se procurer des Junction.

Lorsqu'il sortit du bâtiment, la tension qui l'habitait était si forte qu'il dut s'asseoir sur un banc le temps de reprendre ses esprits. Il prit sa tête entre les mains et respira profondément. Le fait d'avoir parlé ne le libérait pas tout à fait. Les corps déchiquetés, les enfants estropiés : ces images, il les vivait encore ; elles l'imprégnaient ; il avait l'impression qu'il pourrait les vomir indéfiniment. Cependant, il ferma les yeux un instant et le soleil y déposa un éclat de fin d'automne. Il entendit un sautillement d'enfant suivi d'une enjambée sportive, des bribes de confidence, puis le pas lent d'une vieille dame. Son dos épousa le bois du banc. Les idées interrompirent leur valse insensée : une nouvelle sensation, qui tendait tous ses muscles elle aussi, s'enracinait. Il avait le sentiment diffus qu'il prenait la bonne direction, qu'il faisait ce qu'il devait.

Il sursauta quand les notes qu'il tenait à la main glissèrent jusqu'au sol : sa décision était en mots maintenant. Quelques gouttes d'encre et il mettait fin à une progression fulgurante chez Buleo... qui, certes, s'était retournée contre lui. Il se leva soudain et se hâta : il était temps de rejoindre un correspondant local de presse à un bar de la gare. Il disposait de trois-quarts d'heure pour lui donner les arguments permettant de convaincre sa rédaction.

Ensuite, il sauta dans un train à destination de Paris pour une interview d'un autre journal, national celui-là, dont le tirage se portait à plus de 100 000 exemplaires. Son interlocuteur l'avait prévenu que le rédacteur en chef ne diffuserait peut-être pas le « sujet ». Ou qu'il le relèguerait aux brèves. Tant pis, il tentait le tout pour le tout.

Dans le wagon, il posta sur Internet l'affiche synthétisant ses divulgations. Il l'avait travaillée avec soin : il fallait que l'on se sentît au cœur d'une catastrophe. *Battez-vous pour que le Junction ne vous ôte pas la vie au lieu de vous la faciliter.* Ce slogan devait alerter. Il soupira : pas terrible. Tanya aurait trouvé mieux. Au-dessous, cinq lignes de texte expliquaient que l'engin pouvait rendre service tant qu'il était bien maîtrisé et qu'il ne tombait pas entre de mauvaises mains. Benjamin décrivait ensuite l'horreur perpétrée par un drone civil de Buleo. Pour ceux qui voulaient en apprendre plus, il livrait un scénario en images inspiré du film *Les Oiseaux* d'Hitchcock : après une scène montrant un couple qui badine, insouciant et uni, la caméra filmait des Junction par-dessous, donnant une impression de puissance. Une bande son tout en crescendo mettait en garde le spectateur alors que des drones sortaient de la dronavenue pour s'abattre sur l'homme et la femme, puis sur d'autres passants. Le mal frappait une population d'innocents. Sur le dernier champ, la vidéo s'attardait sur une cour de récréation. Benjamin apparaissait alors pour livrer ses doutes sur la sécurité des populations face à la pénétration des Junction dans leur quartier. Suivaient deux séquences de reportage sur l'attentat de Kefkan.

Il sortit du train avec son énorme valise. Le taxi qui le mena à son interview parisienne était sobre et impersonnel. Une image de sa nouvelle vie ? Son avion décollait en fin d'après-midi. Il deviendrait un fuyard avec le moins d'attaches possibles. Tant de questions se télescopaient dans son esprit : *Le public comprendrait-il sa démarche ? La police essayerait-elle d'arrêter l'Afghan tant qu'il était en France ?* Ce dernier l'avait rappelé le jour où il avait reçu les dernières photos prises à Kefkan. Khan exigeait qu'on lui remît une palette de drones. Cette fois-ci, l'ingénieur ne s'était pas emporté. Il avait saisi l'opportunité : il avait accepté sa demande en simulant une feinte soumission et il avait déposé plainte contre Habib Khan avec tous les détails permettant à la police de le cueillir. En tordant ses mains dans un mouvement convulsif, Benjamin songea que si ses révélations pouvaient servir d'aiguillon pour la police, elles exciteraient aussi la hargne du tueur s'il les entendait avant leur rendez-vous.

Chemins tortueux

Habib se trouvait à cent kilomètres de Prabès lorsqu'il entendit son nom sortir du poste de radio. Il somma sèchement Rémi, le conducteur, de traduire.

Les deux hommes étaient partis de la région parisienne tôt le matin avec un chargement de l'OFART, qu'ils collectaient depuis des mois, afin de l'acheminer vers la province de Paktika. Cette mission aurait dû se réaliser en début d'année suivante, mais Khan avait soi-disant trouvé une « coordination » qui acceptait de s'occuper inopinément du matériel

Lors de la réunion organisée par son frère, il avait d'abord décrit la brume blanche aperçue un matin lors de l'un de ses « voyages d'affaires » dans la région, onde délicate qui caressait le relief montagneux. Il avait évoqué la végétation disparate sur la terre rouge, presque chauve, qui accueillait ces touffes dans un élan prometteur. Puis il avait rapporté ce qu'il savait de l'attentat commis deux jours auparavant non loin de là, sur un terrain de volley-ball, tuant 57 civils et policiers. Comme il n'y avait pas de victimes occidentales, la presse française l'avait occulté alors que cette attaque était la plus meurtrière depuis décembre 2011. Elle était attribuée aux talibans. Elle n'était pas revendiquée, mais ils ne revendiquaient généralement pas les actions visant des civils. Habib avait terminé avec un argument qui avait poussé les membres de l'association à agir plus rapidement que prévu : « Barack Obama a autorisé les soldats américains à aller au-delà de l'assistance et à combattre directement les rebelles en cas de menace. Nous devons, nous aussi, intervenir pour aider nos frères. » L'un des membres avait demandé s'ils pouvaient dissimuler quelques armes dans le fond du camion. Habib lui avait répondu d'un air énigmatique que c'était trop dangereux, mais qu'ils devaient lui faire confiance.

Ce matin-là, Rémi avait d'abord refusé d'effectuer le détour réclamé par Habib. Ce dernier avait puisé dans sa détermination pour convaincre le camionneur de changer d'autoroute. Sans hausser le ton. Avec patience. Jusqu'à ce qu'il obtînt ce qu'il voulait. L'Afghan l'avait persuadé qu'il agissait pour l'OFART. De toute façon, en pourchassant par tous les moyens les talibans qui avaient enrôlé son fils, il se persuadait qu'il défendait leur cause. En réalité, la violence qui l'habitait l'avait coupé du monde ; son désir de vengeance le conduisait à une traque acharnée, négligeant tout effet collatéral. Amaigri, les cheveux gras, il avait changé physiquement. D'autant plus que, pour tromper les esprits, il portait un shalwar kameez. Ce déguisement lui avait permis plusieurs fois de passer entre les mailles du filet : ceux qui le cherchaient traquaient un homme d'affaires. Pas un homme hagard qui endossait le costume de ceux qu'il voulait anéantir.

Depuis leur départ, Habib avait ressenti un sentiment de puissance. Il aimait la hauteur de la cabine bringuebalante de l'implacable véhicule humanitaire. Avant de monter, il avait suivi de la main la ligne orange qui estampillait la remorque, lui donnant fière allure. Et, surtout, il était maintenant près du but : enfin, il calmerait les larmes de son épouse. Les drones qu'il allait chercher chez Buleo seraient facilement transformés par un ingénieur de ses connaissances pour effacer à tout jamais le malheur qui s'était abattu sur eux.

Quand il comprit qu'il s'était fait duper, il hurla de rage. Et, il sortit une arme pour ordonner à son chauffeur – devenu suspicieux – de continuer à rouler.

***

Tanya se chargea d'annoncer les révélations de Benjamin à Lebec. Ce dernier se démenait pour inclure dans la prochaine série des sécurités dérisoires au vu des failles existantes. Son mur était zébré d'appendices en diagonale censés apporter une autre dimension au projet du Junction. Lorsqu'elle entra, il tapotait furieusement sur ce qui devait être un nouveau centre névralgique de sa réflexion. Trois de leurs fidèles ingénieurs hochaient la tête. Ils semblaient croire à l'efficacité de ces pansements de fortune.

Lebec ne remarqua pas l'embarras de sa directrice de communication. Quand il comprit de quoi il retournait, il devint rouge de colère, avant d'exploser : il avait déjà chez lui une armée d'ouvriers qui creusait le jardin de toutes parts afin d'agrandir sa cave pour en faire le plus grand circuit de France. Grâce aux ventes du Junction, il comptait s'adonner à sa passion : les modèles réduits, dans un espace digne de lui. Lilia, sa femme, avait même accepté que l'on fît venir quelques officiels pour l'inauguration de son projet pharaonique. En échange, il avait consenti à ce qu'elle reçût chez eux les membres d'un nouveau parti. Quelque chose entre le Centre et la

Droite.

Lebec tenta de joindre Benjamin par téléphone, en vain. En revanche, une lettre de démission lui fut apportée par une responsable du service du personnel dépassée par les évènements. Une longue missive, qui exprimait des regrets. Elle terminait en ces termes : « *Je me suis amusé comme un gamin avec ces petites merveilles que sont les drones. J'ai donné mon temps pour que cet objet devienne utile, afin que d'autres puissent aller au bout de leurs aventures. Avec le Junction, les choses sont allées trop loin. On ne plaisante plus avec des jouets qui deviennent des armes.* »

***

Il fallut toute une journée à Mahdi et Asima pour comprendre l'ampleur du désastre ; les révélations de Benjamin ne leur parvinrent pas directement : ils passèrent à travers les mailles du réseau radiophonique – dont ils étaient pourtant friands l'un et l'autre – sans entendre la nouvelle.

Des détails attirèrent cependant leur attention : le boulanger remit son pain sans se plaindre ; certains de leurs collègues écourtèrent étrangement les discussions de la pause alors qu'elles concernaient des sujets aussi importants que la dernière voiture du patron ou la nécessité de mettre des gâteaux à disposition du personnel. Employés par la même société, ils rentrèrent tous les deux avec l'impression que quelque chose ne tournait pas rond. La soirée s'annonçait déjà morose quand Lina les appela :

— Dites-moi que ça n'est pas vrai : Oncle Habib n'a pas fait ça ! hurla-t-elle dans le combiné.

D'abord, Asima ne reconnut pas sa voix. Ils écoutèrent. Et ne purent rien répondre, atterrés. L'acte d'Habib perpétré à Kefkan les dépassait. Au ton qu'elle prit en raccrochant, Asima comprit que leur fille interprétait leur silence comme un aveu de leur connivence avec son oncle et un désaveu de sa personne : Lina connaissait leur réticence vis-à-vis du monde musulman. *Irait-elle jusqu'à penser qu'ils cautionnaient un attentat contre les musulmans ?* Lorsqu'elle reprit ses esprits, Asima en voulut à son mari. Il était évident qu'il leur avait caché des informations sur son frère. L'homme qu'elle avait cru connaître ne pouvait pas avoir commis un tel crime. Celui-ci gardait le silence, le regard vide, la bouche entre-ouverte, comme foudroyé. Elle se radoucit. Mahdi était probablement plus affecté qu'elle. Quand ils avaient quitté l'Afghanistan, il avait voulu offrir à celle qu'il aimait, un nouveau pays. Pour elle, leur installation en France ne restait qu'un passage obligé. Lui, avait trouvé une patrie ici. L'opprobre dont ils allaient être frappés effraya Asima, même si elle ne s'était jamais sentie française. Mais, pour sa fille, elle se devait de maintenir un lien fort avec son pays d'accueil.

— Et si on passait quelques jours à Besac ? proposa-t-elle.

Besac était un petit village des Alpes du Sud, au fin fond d'une région dont l'aridité et la terre pâle avaient quelque chose de leur Afghanistan natal. Ils y possédaient une maison en torchis et bois. L'idée était saugrenue ; l'accès en cette fin de novembre serait difficile et enneigé. Il leur faudrait monter du bois. Cependant, Mahdi se remémora sa mère, fière, qui vivait autrefois dans une masure tout aussi pauvre. Après avoir affronté la bise glaciale pour rapporter un peu d'eau, elle regardait la grand-mère boire lentement le liquide chauffé ; cette dernière s'asseyait sur la roche grise qui meublait la pièce centrale, pierre polie par leurs instants de vie. Sa mère portait un drap épais attaché dans ses cheveux noirs et luisants qui encadraient son visage tanné. Il se souvint de sa veste matelassée aux reflets dorés. Finalement, Mahdi gratifia sa femme d'un regard empreint de soulagement et acquiesça. *Fuir.* Ne serait-ce que quelques jours. *Retrouver un peu de paix.*

— Peut-être que lorsque l'on reviendra, on ne parlera plus d'Habib, espéra Asima.

Asima et Mahdi partirent dès le lendemain. Leur patron, joint par téléphone, leur accorda des congés sans se faire prier. Ils roulaient depuis plusieurs heures quand la radio reprit le témoignage de Benjamin. Asima reprochait à son mari de conduire comme un Français pressé ; il lui fit signe de se taire. Le présentateur conclut en indiquant que la police pensait qu'Habib avait quitté le territoire. L'interview qui suivit portait sur les progrès du Junction.

— Grenoble vient d'annoncer son intention de s'équiper en dronavenue, se félicitait l'attachée de presse de Buleo qui minimisa l'éclat de Benjamin en le qualifiant de « vengeance d'un ingénieur aigri ».

Asima augmenta le volume de la radio. Ingénieurs spécialisés en drones pour l'agriculture, elle et son mari s'étonnaient du succès du Junction. Deux semaines auparavant, ils s'étaient joints à la foule parisienne pour en découvrir le lancement dans la capitale. La dronavenue donnait du galon à une rue inconnue qui avait pour particularité de desservir les arrière-boutiques de plusieurs grands magasins et de s'étirer derrière des boulevards haussmanniens. Elle aboutissait à un centre d'affaires grouillant et, ici, de jeunes premiers se firent un point d'honneur à utiliser toutes les possibilités de cette nouvelle technologie.

— Je n'aime pas savoir ce drone dans les villes, commenta Asima.

— Encore tes angoisses, soupira son mari.

— Pense ce que tu veux, rétorqua-t-elle. Cet engin qui se donne des allures de cadeau pour les citadins ne me dit rien qui vaille.

Ses propos furent corroborés par des bribes de l'interview de Radio Causse. Mahdi fronça les sourcils. Cependant, le reportage se poursuivait en faveur de Buleo : « Malgré le témoignage de Benjamin Delmas mettant en garde ses concitoyens contre la dangerosité du Junction, le projet continue de se déployer. Le directeur commercial admet qu'il y a eu quelques hésitations dans les ventes, mais soutient que dix villes ont maintenant terminé l'équipement de leurs dronavenues. » Un technicien donna des précisions sur le fonctionnement de ces réseaux : « Les carrefours sont intelligents : c'est-à-dire que les feux gèrent le passage des voitures ou des Junction, et informent les drones des instructions valables jusqu'à l'intersection suivante. Sur les dronavenues, la circulation des véhicules est bien sûr interdite et celle des piétons tolérée. » Il précisa que les drones avaient une heure d'autonomie, et que, dès qu'ils avaient épuisé les trois quarts de leurs ressources, ils se connectaient sur un poste de recharge.

Un commentateur indiqua que même si les riverains protestaient encore, l'usage des drones était perçu comme un service qui facilitait la vie. Leur nuisance était moindre comparée à celle des voitures. Un parent témoigna : « Le premier jour, j'ai accompagné Milo, mon fils. Maintenant, il se débrouille tout seul. Je lui demande juste de vérifier qu'aucun Junction ne vole dans les parages lorsqu'il s'approche de la dronavenue, un peu comme quand je lui demandais de bien regarder à droite et à gauche avant de traverser une route. » Le commentateur souligna que ce conseil était théoriquement superflu : les drones volaient à hauteur de toit et se tenaient toujours à plus de quatre mètres de tout être humain.

Dans les villes équipées, que l'on considérait plutôt comme privilégiées, chaque institution publique avait sa boîte aux colis : un coffre hermétique qui s'ouvrait à l'approche d'un Junction pour recevoir des fournitures, des courriers, voire des documents reliés ou imprimés chez des fournisseurs. Les particuliers s'équipaient aussi.

On utilisait les drones pour toutes sortes de courses. Une fleuriste raconta qu'elle avait envoyé un drone porter le sac de sport oublié par son enfant. Les commerçants déposaient leur paquet sur les plateformes situées sur les bords de la dronavenue, puis ils s'en éloignaient afin de ne pas empêcher l'approche des engins. Il s'agissait de petits commerces, comme des pharmacies, ou de grands magasins : la FNAC et la Redoute par exemple. Bref, l'usage du Junction procurait un mode de vie inédit. Il bénéficiait de l'attrait du nouveau : lors de rites initiatiques comme les bizutages ou les enterrements de vie de garçon, des jeunes gens le bravèrent en traversant une dronavenue à l'improviste, ce qui déclenchait un sursaut dans les trajectoires.

***

Les jours suivants, quelques interventions politiques de l'opposition dénonçant des investissements mal placés du ministère des Transports firent décupler le nombre de vues de la vidéo de Benjamin postée sur YouTube. Paradoxalement, ce qui retint l'attention fut le fait qu'un Afghan utilisât les mêmes armes que les Américains – le drone – contre les extrémistes de son pays. On le vit d'abord comme un justicier.

Cependant, la roue tourna, la presse à sensation s'essouffla ; les journalistes s'intéressèrent alors enfin aux arguments de l'ingénieur. On put lire des reportages fouillés sur l'horreur de Kefkan. Les villes propriétaires de drones avaient la possibilité de se rétracter. Trois d'entre elles firent marche arrière… mais pas plus. L'action de Benjamin se solda malgré tout par l'instauration d'une surveillance plus poussée. En parallèle, Buleo se mit à travailler sur un système permettant aux écoles d'émettre un signal qui repousserait les drones en cas d'une malencontreuse sortie de route.

Femmes de tête

Depuis les révélations sur le drame de Kefkan, Asima se sentait trahie : jusqu'alors, elle considérait son beau-frère comme un homme de convictions. Il lui semblait maintenant que la fatalité, gluante, se collait un peu plus à elle. Elle ne méritait pas cela après tout ce qu'elle avait vécu en Afghanistan : la pauvreté (quel luxe de pouvoir hésiter ici entre plusieurs variétés de pommes !), la violence, soi-disant divine. Jamais elle n'oublierait les sanglots de sa sœur, en 2001 : Nur l'avait appelée pour lui décrire le corps gisant du père de Mahdi et Habib, assassiné à deux pas de chez elle. Elle avait repoussé un chien qui lapait. Le sang. Flaque rouge, indécente.

Lorsque son téléphone sonna, Asima songeait déjà à sa fille et à sa transformation : la dernière fois qu'elle était rentrée à la maison, Lina portait même des gants blancs. Elle aussi, elle se donnait tout entière. Son engouement lui ressemblait. Seulement, Asima ne comprenait pas pourquoi sa fille tenait tant à la spiritualité musulmane. Elle regrettait d'avoir tenu les exactions des talibans secrètes. Une question l'obsédait : Lina avait-elle voulu lui montrer qu'elle aussi pouvait réaliser des choses extraordinaires ? Asima avait une forte personnalité ; de nature effacée, Lina incarnait la douceur même : elle rêvait de devenir assistante sociale afin d'aider les autres. Une étoile et une lune. *Voulait-elle porter haut et fort les couleurs de ce qu'elle avait de plus intime pour se mesurer à sa mère ?* Dans le fond, Asima aurait applaudi à deux mains si elle n'avait craint que l'on n'utilisât les convictions musulmanes de sa fille à des fins déviantes.

Et, là, elle en recevait la confirmation par Judith, une amie de lycée. Cette dernière se décidait à appeler Asima après avoir échoué à convaincre Lina de renoncer à se mettre au service de musulmans de plus en plus pressants : il lui paraissait maintenant évident que son amie avait été contactée par des islamistes via des réseaux sociaux. Depuis quelques jours, Lina refusait même de la voir. Judith raconta comment, fragilisée par des humiliations qu'elle avait cachées à ses parents, elle avait été une proie facile. Ni une ni deux, Asima laissa Judith achever son récit dans un téléphone abandonné et se précipita vers sa voiture pour se rendre au foyer étudiant.

Où se trouvait cette fichue résidence ? Elle mit en route son GPS en tremblant.

À la réceptionniste qui lui signifia que les jeunes ne pouvaient recevoir personne dans leur chambre, elle rétorqua qu'elle était sa mère et que personne, « et je dis bien personne », insista-t-elle, ne pourrait l'empêcher d'y pénétrer. Elle attendit une bonne heure avant que Lina n'apparût. Celle-ci sursauta en la voyant devant la porte, mais elle ne fit aucun commentaire.

— Tu ne peux pas comprendre, lui dit la jeune femme quand sa mère la somma de s'expliquer.

Néanmoins, elle se dévoila. Elle était toujours aussi belle, même si sa peau avait conservé son aspect granuleux de l'adolescence. De longs cheveux noirs, une bouche charnue. Lina ressemblait à l'aînée de Nur. À aucun moment, elle n'exprima de regret. Asima explosa, lui parla des horreurs perpétrées par les talibans en Afghanistan. Lina refusait de voir la réalité en face. Quand elle était jeune, ses parents n'en parlaient pas ; plus tard, elle n'avait pas cru les médias. C'était trop d'un coup ; elle pensa que sa mère voulait lui faire peur et qu'elle inventait n'importe quoi pour la persuader. Pire encore, quand Asima lui reprocha de s'être fait embrigader, Lina lâcha un mot acerbe : « Mécréants. » Après avoir été brisés par le chaos de leur pays, Asima et Mahdi avaient tenté de reconstruire quelque chose ; ils avaient bâti une forme de morale à eux, comme ils pouvaient. Affranchie de toute religion. Le fait que leurs efforts soient balayés par des arguments utilisés par les talibans révolta Asima. Leur propre fille… Elle prit cette rebuffade comme un affront. Elle aurait pu lui parler encore de leur lutte pour qu'à l'autre bout du globe, leur pays, ruiné par des préceptes liberticides, ne sombrât pas dans l'oubli ; elle resta muette. Baissa les yeux et se dirigea vers la porte. Lina ajouta in extremis :

— Vous mélangez tout, il existe de vrais combattants…

Au lieu de chercher à parlementer, Asima se ravisa et fit demi-tour. En soutenant le regard de Lina, elle sortit une photo qu'elle conservait précieusement à l'intérieur de son portefeuille. Elle la déposa sur le bureau en la faisant claquer sur le contreplaqué. Lina devait avoir une quinzaine d'années et souriait à l'objectif. Asima quitta l'appartement en serrant son sac contre elle.

Le soir même, elle demanda cependant à son mari de raisonner leur fille. En vain. Lina finit par raccrocher.

« N'ayez pas peur, faites-moi confiance », avait-elle conclu. De rage, Asima, désemparée, accusa violemment Mahdi :

— Si tu avais sévi plus tôt, on n'en serait pas là !

Incapable de faire face à la désertion de sa fille, Asima le mettait sur le compte du laisser-aller de son mari. Depuis quelque temps, elle se faisait de plus en plus incisive lorsqu'elle déplorait, par exemple, son manque d'implication dans leur engagement à l'OFART. Elle avait coutume de rappeler : « Tu trouves toujours une excuse pour ne pas aller aux réunions. » Il ne savait pas quoi répondre. Et, depuis leur retour de Besac, la situation s'était encore compliquée. Les membres de l'OFART avaient demandé au couple de prendre ses distances afin de ne pas compromettre l'action humanitaire en Afghanistan, d'autant que leur camion était resté introuvable. Depuis, le couple avait failli sombrer.

Mahdi, résigné, attendait que sa femme le quittât pour un autre, comme il l'avait toujours craint, quand, à la surprise générale, Lina surgit le week-end suivant... sans le voile.

— Je vous préviens, j'enlève le voile quand je viens. Cela ne signifie pas que j'ai abandonné mes convictions.

Pas de commentaires. Ni d'un côté, ni de l'autre. Mahdi lâcha cependant un « Allah Akbar » qui déclencha un regard carnassier de sa femme et un sourire entendu de sa fille. Devant la détresse manifeste de ses parents, la jeune fille annonça un peu plus tard qu'elle avait changé de mosquée et que le voyage qu'elle projetait était une folie inutile, qu'elle y avait renoncé. Asima et Mahdi tombèrent de haut. Ils n'avaient pas imaginé qu'elle en était arrivée là.

Tout aurait pu rentrer dans l'ordre, mais Asima ne décolérait pas. *Sous le couvert d'une pseudo-impunité divine, ces dévots modernes voleraient leur jeunesse à d'autres jouvenceaux décérébrés, victimes de leur ultime combat contre eux-mêmes...* elle en était persuadée. D'autres jeunes filles risquaient de partir. C'était un peu comme une démangeaison au milieu du dos, à l'endroit où la main n'a pas accès. Elle n'en pouvait plus de ces manipulateurs. Quand elle apprit, un peu par hasard, dans quelle mosquée sa fille avait été sur le point de succomber à de macabres idéaux, Asima décida qu'elle irait donner une bonne leçon à ces satanés marchands de bonheurs... Ils s'en souviendraient ! Elle agirait pour que leur exaltation soit circonscrite par une frayeur mémorable. L'adresse qu'elle releva se situait à proximité de la dronavenue parisienne. Il lui fallait trouver un moyen de se faufiler discrètement : évidemment, elle pensa à utiliser un drone. Elle n'avait aucune envie de ressembler à ces apprentis sorciers qui déballaient le tapis rouge aux drones au cœur des villes, mais cet objet représentait son arme dans la vie, et elle savait le manier. Une seule chose l'ennuyait : on pourrait comparer son action à celle menée par Habib.

Asima attendit difficilement le jour de culte qui rassemblerait les fidèles à l'intérieur de la mosquée. Trois jours de patience. Dès qu'elle le pouvait, elle se rendait secrètement dans la vieille remise où végétait un drone datant de ses premières expériences cartographiques. Il ne

176

figurait dans aucun fichier : à l'époque, on ne déclarait pas les drones. Elle n'eut pas de mal à le transformer. Ses plans d'action lui vinrent naturellement, s'enchaînèrent les uns aux autres, l'envahirent, la réveillèrent même la nuit. Ils se précisaient peu à peu et créaient un scénario, rude, tiré d'une rancœur couvée en elle, mais aussi d'un espoir qui la tenait debout : l'espoir que demain, chacun pût avoir sa liberté de conscience et que ceux qui pillaient la conscience des autres pour y installer leurs idées fussent mis au ban de la société. Que ce soit en Afghanistan, ainsi que dans son pays d'adoption, la France. Oui : quelque part, en intervenant contre cette mosquée, elle pensait aussi payer sa dette envers son pays d'accueil.

Le vendredi suivant, elle emprunta le pickup de ses voisins musiciens. Des bruits étonnants indiquaient que le véhicule n'était pas de première jeunesse ; cependant, il transporterait son drone, aux côtés d'une vieille guitare à qui il ne restait plus que trois cordes.

Après deux heures de route, Asima se gara le plus près possible de la dronavenue parisienne. Elle pouvait manœuvrer l'engin de l'habitacle et le suivre grâce aux images qu'il renvoyait : elle utilisa ses caméras pour se repérer et l'amener près de la mosquée qui se trouvait à deux pâtés de maisons. L'engin s'engagea, les Junction s'écartèrent de lui. Alors qu'il s'apprêtait à traverser la dronavenue, un passant porta un regard étonné sur le drone, tout d'abord parce que celui-ci n'avait pas tout à fait la même allure que le Junction, mais surtout parce qu'il s'immobilisait en vol devant les vieilles plaques de rue – qui n'avaient théoriquement aucune utilité pour lui.

Heureusement, le piéton s'éloigna rapidement, comme le voulait la consigne, afin de ne pas perturber les atterrissages en attente.

Après plusieurs fausses routes (aucun panneau n'indiquait la mosquée, comme si on avait voulu la cacher), Asima trouva enfin le passage qu'elle cherchait. La mosquée donnait sur une cour qu'elle partageait avec d'autres immeubles. L'ingénieure y fit pénétrer l'engin et se prépara à le stabiliser. Un collègue chercheur facétieux avait ajouté un haut-parleur au drone pour animer une soirée festive avec des bruitages. Asima projetait de l'actionner afin de scander des menaces contre ceux qui utilisaient Dieu pour nourrir de funestes desseins.

Mais le système interne du drone détecta un mur. Il se détourna. Le drone était conçu pour les champs, les grands espaces, pas pour la ville. Il se trouvait dans une cour, et chaque mur devint un autre obstacle à anticiper. Asima ne comprit pas tout de suite ce qui se passait. L'image que lui retransmettait le drone n'était pas aussi stable que celle qu'elle obtenait avec les drones récents. Elle avait oublié ce point de détail et il lui en coûterait cher. L'engin entama une sorte de valse : son programme s'affola et il accéléra. Emporté par une force centrifuge, il se rapprocha des fenêtres. Asima ne parvint pas à le maîtriser ; les programmes autonomes de sécurité prenaient le dessus. Sur son écran, l'ingénieure vit un gamin, ravi, tendre les bras vers le drone, puis une femme hirsute qui accourait vers sa fenêtre. Par ailleurs, elle entendit un chat qui s'échappait d'un autre rebord en poussant des miaulements stridents. Ensuite, l'aéronef décapita des pots de fleurs, sectionna un fil électrique qui courait sur le mur, puis atteignit les fenêtres dont les vitres volèrent en éclats.

Habitués à être détectés par le Junction, plusieurs habitants des immeubles se montrèrent gaillardement à l'engin pour le faire fuir. Des fidèles barbus se joignirent à eux. Le drone fit des embardées. Quand, d'un coup, il fonça vers eux, les quelques téméraires comprirent qu'ils étaient impuissants face au cataclysme. L'objet forcené aurait pu les blesser gravement s'ils n'avaient, de concert, effectué un bond disgracieux en arrière. Dépités, ils comprirent que leurs parades étaient inutiles devant cet étrange OVNI.

On envoya le GIGN. En entendant les sirènes, Asima ferma brusquement son ordinateur portable et mit en route son moteur. Elle était en train de tenter d'évacuer son drone de la cour par le haut. Mais il était trop tard : elle était dans le périmètre de sécurité et un policier lui demanda de sortir de la voiture. Il notait le numéro de la plaque d'immatriculation. Elle put rentrer chez elle, accablée. Elle n'était pas dupe : travaillant avec des drones, elle serait convoquée rapidement par la police.

De leur côté, les journalistes s'empressèrent de diffuser l'évènement, d'autant plus qu'il leur livrait une histoire qui donnait une suite aux prédictions de Benjamin. On était mi-décembre. L'incident entraîna une perte de confiance aiguë dans les dronavenues. Les avertissements de l'ingénieur sur les dangers encourus par les citadins, ainsi que ses articles, circulèrent de nouveau.

Cependant, les dégâts causés ne furent pas suffisants

pour enrayer l'engouement pour le Junction ; il fallut en arriver à la mort d'un ancien joueur de football, une semaine plus tard, pour que Benjamin fût pris au sérieux. À l'origine : des rivalités de supporters, exacerbées par la vente manquée d'un joueur que le club de Bastia pensait pouvoir acquérir. Le joueur en question était entré dans l'équipe parisienne : l'ambiance avait été morose dans les avions quittant la Corse pour un match disputé à Paris. On en avait cependant dénombré plus d'une vingtaine.

Des échauffourées avaient eu lieu dans la capitale. À trois heures du coup d'envoi, le virage sud du stade avait été pris d'assaut par les supporters. Issus d'un « petit » club, éloigné géographiquement, les Bastiais avaient l'impression de ne pas être pris au sérieux : les « ultras » s'étaient assuré les services d'un agent de maintenance d'une dronavenue du sud de la France. Ce dernier avait dérobé un Junction dont il était parvenu à désactiver les sécurités. Des tribunes, il avait fait décoller l'engin qu'il avait déposé précédemment dans un recoin du parking. Le drone portait les couleurs bleues de l'équipe de Bastia et devait narguer le PSG. Le coup avait réussi : l'engin avait volé si près des supporters adverses qu'ils avaient pu, furieux, lui lancer des canettes vides. Le Junction, déséquilibré, avait fini sa course dans les tribunes d'honneur ; il avait percuté une barrière avant d'exploser au niveau d'une ancienne star de football.

À cet accident s'ajouta, pendant le même week-end, le décès d'un conducteur qui accéléra à l'approche d'un carrefour. Un drone qui amorçait sa descente heurta l'automobile de plein fouet. Quelques jours auparavant, un drone emporté par une tempête s'était écrasé au pied d'un retraité aigri, féru d'internet. Il avait passé une journée entière à partager sa mésaventure sur les réseaux sociaux. Cette fois-ci, les photos du stade en première page de Paris Match déclenchèrent un émoi généralisé. Des contrôles drastiques de la DGAC aboutirent à des dépôts de plainte pour non-conformité : le ministère des Transports se tirait une balle dans le pied ; il n'avait pas le choix.

Les ventes de Junction chutèrent. Ses défenseurs comptaient sur la folie consommatrice de Noël afin de le consacrer. Ils déchantèrent.

***

Contre toute attente, Tanya affronta le déclin amorcé de Buleo avec une forme d'apaisement presqu'inquiétant : Lucie, son amie, lui avait enjoint de se ressaisir, avant de reconnaître qu'il était inutile de se battre contre des moulins à vent. Quand elle se rendit à Paris, Tanya empoigna fermement la poignée de sa mallette de femme d'affaires alors même qu'elle pressentait qu'elle n'y gagnerait rien cette fois-ci, ou du moins rien qui pût concourir à sauver sa carrière. Lorsqu'elle entra dans le bureau du secrétaire d'État, Garnier l'accueillit laconiquement :

— Vous m'avez trompé, Tanya.

Le ton était sec. Tanya releva le menton.

— Vous aussi, cher ami.

Par cette phrase, elle savait sa dernière heure arrivée.

— Je ne parlais pas de cela, renchérit-il, outrecuidant.

— Moi non plus, appuya-t-elle.

Ils avaient eu par le passé un égarement, elle s'étonna même qu'il pût s'en souvenir. Une sonnerie les interrompit.

— Je n'en ai pas pour longtemps, répondit-il à un téléphone impatient.

Elle n'attendit pas qu'il raccrochât pour poursuivre :

— Je savais qu'il vous fallait contrer l'avancée des voitures automatiques aux USA. Mais je ne pensais pas que vous accepteriez sciemment de mettre la France en danger si cela devait servir vos desseins.

— Je n'avais pas le choix, Tanya.

Celle-ci se leva.

— Adieu, monsieur le ministre.

Elle tendait la main. S'il fut surpris, il ne le montra pas. En tout cas, il ne la saisit pas, cette main tendue, et il la congédia d'un hochement de tête.

— Je ne vous retiens pas.

Elle passait la porte quand elle entendit :

— Prenez soin de vous, madame Merbès.

Ce soir-là, en passant le seuil de sa maison, Tanya se sentit étonnamment légère. Elle avait remis les pendules à l'heure. Ce fut sans aucune arrière-pensée parasite qu'elle alla embrasser sa fille endormie sous les étoiles de sa verrière – souvent maintenant, Stella demandait qu'on laissât les panneaux de verre sans aucun rideau.

Acquittements

Les grincements émis par le plafond crevé du salon se mirent à perturber le cliquetis régulier des verreries du lustre : la maison tout entière tremblait sous le joug du vent qui la secouait. Depuis ses révélations, Benjamin avait voulu disparaître aux yeux du monde et de Khan en particulier ; il avait réussi. Un peu trop même : il n'avait plus de travail, juste une très vague activité sous un nom d'emprunt, et il allait manquer, pour la première fois de sa vie, le noël en famille. Il se sentait pris en tenaille dans une campagne hostile, tout en doutant de l'efficacité de son opération suicide : les dronavenues étaient toujours en place en France, malgré la controverse dont elles faisaient l'objet. Heureusement, aucun pirate malintentionné n'avait cherché, jusqu'à ce jour, à prendre la main sur un Junction.

Benjamin s'était réfugié dans la dernière demeure de sa tante, en Écosse. Au début, il avait pensé que cette installation lui permettrait aussi de mieux comprendre son geste désespéré. Il avait vite déchanté. Depuis plusieurs semaines, il tentait en vain d'en exhumer des reliques. Il n'avait trouvé que ses photos, de toute taille, en couleur, en noir et blanc, ses portraits touchants, ses paysages étirés aux lumières tamisées. Ses séries radieuses aussi. Ses nus. La photo était une passion pour Emma ; son appareil photo était comme greffé dans la main pour saisir des parcelles de vie chez les autres. Benjamin avait fait encadrer les clichés les plus expressifs, avec un fond blanc, propre et symétrique : malgré ses excentricités, elle aimait que les choses soient en ordre. Cette découverte l'avait un peu apaisé, il ressentait cependant toujours le besoin de percer l'énigme de son acte.

La masure était une émanation rescapée d'un château écossais, dont les ruines s'étalaient tout autour. Sa tante en avait rénové une partie pour y habiter. Sur la fin de sa vie, elle avait été rejointe par Stecy : « Ma compagne », avait-elle simplement commenté quand il était venu lui rendre visite à cet endroit. Il n'y avait pas mis les pieds entre-temps, bien qu'il en eût hérité à la mort de Stecy : peu de gens le savaient, pas même ses parents. La police le retrouverait peut-être ici, mais pas Khan.

Ce jour-là, il s'était lancé dans le rangement de la cave et avait déniché des boîtes qui contenaient des lettres écrites de la main d'Emma derrière des cartons hétéroclites. Stecy avait dû les rapporter le jour où elle avait emménagé ici. Assis sur un canapé au velours élimé, Benjamin y trouva l'expression d'une relation touchante et pleine. Il se fit la réflexion que cet amour lesbien n'était pas différent de ceux qu'il avait ressentis, si ce n'était le fait qu'il n'avait jamais pu, lui, les vivre. Il se remémora son amour contrarié pour une femme américaine. Et d'autres romances, moins intenses, toujours écourtées par un départ. L'image de Tanya, tendre possible, s'y ajouta, fugace. Il reprit sa lecture : rien ne laissait penser qu'Emma avait honte de sa nature homosexuelle. Même quand Stecy avait dû s'éloigner pendant un temps – un contrat en Australie –, les mots qu'elle lui adressait exprimaient uniquement le manque, la difficulté à vivre sans elle. Un monticule de missives du passé se formait par terre. Elles s'y accumulaient doucement au rythme de ses lectures, en hésitant, quand il les lâchait, comme une plume qui virevolterait, avant de se poser. Peu à peu, il comprit qu'un combat se dévoilait au travers de ces lignes : celui qu'elle menait contre des idées noires, des peurs incontrôlables qui la tiraient de son sommeil. Rien à voir avec une histoire d'amour difficile à assumer. Une langueur rallongeait ses journées. Une envie de rien l'écrasait.

Pourtant, elle ne s'avouait pas vaincue : il y eut des victoires et des rechutes. À chaque fois, elle se relevait, une nouvelle fois, lentement. Elle s'analysait, s'observait afin de ne plus sombrer ; le mal intérieur qui la faisait souffrir grossissait manifestement. Comme un cancer. Ce qui étonna Benjamin, ce ne fut pas la description de la dépression qui pénétrait l'intimité de sa tante, mais les efforts surhumains qu'elle faisait pour vivre au cœur de la douleur et pour réapprendre à vivre à chaque rémission.

Ne pas trop se réjouir, car la maladie sommeille.

Préparer le prochain assaut.

Écouter le médecin en sachant qu'il ne parviendrait plus à la déraciner.

Se résigner puis hurler sa douleur lorsque le mal s'amplifiait, tout en poursuivant des actes qui la rattachaient encore à la vie : nettoyer la vaisselle, marcher, photographier, écouter de la musique quand les yeux refusaient de lire un livre, ou que l'esprit était trop éparpillé pour se laisser prendre par un film. Certaines de ses lettres n'étaient qu'une énumération laconique. Ce qui en ressortait était bien loin du laisser-aller qu'on avait imaginé d'elle. Il en déduisit que son acte ultime n'était qu'un instant de trop, pas un aboutissement. Ou alors l'aboutissement d'une maladie, d'une volonté viciée par une chose extérieure à elle.

Il en émergea confus, ébranlé par une consigne qu'elle s'était donnée et qu'elle glissait parfois comme si elle peinait à la respecter elle-même : ne jamais en parler à son cher neveu, car elle craignait qu'il ne parvînt pas à démêler ce qui appartenait à ce monstre qui la dévorait de l'intérieur, de ce qu'elle était, elle.

Nauséeux, il sortit et se dirigea vers un angle inexploré de sa propriété malgré le brouillard environnant. Une construction étrange émanait du mur d'enceinte, entre tour et porte, probablement un lieu dérobé pour laisser pénétrer discrètement des personnes modestes. Il escalada cette protubérance ancestrale, des morceaux s'effritèrent dans sa main et il manqua d'arracher tout un pan. Les pierres étaient froides ; à terre, le givre se mêlait à la boue de la petite route. Enfin, il parvint en haut et se trouva à l'intérieur d'une sorte de minuscule belvédère ceint de blocs noircis, peut-être brûlés. Au loin, dans la fente éclairée sous les épais nuages de décembre, derrière les aiguilles rocheuses qui hérissaient la lande écossaise, il apercevait la mer. Il resta là un moment, glacé de solitude, tout en songeant que sa décision de se battre pour ses convictions, si elle le mettait temporairement dans une situation délicate… au moins, cette résolution le recentrait : elle rassemblait les morceaux éparpillés de sa vie disparate, dont sa tante Emma était un personnage éminent. *J'ai bien fait de venir ici*, pensa-t-il. La brume s'écarta progressivement, découvrant un tapis d'herbe rase. Une lumière timide s'étirait dans les creux, donnant de la profondeur aux étendues vides qui l'encerclaient.

Ensuite, Benjamin descendit à l'épicerie, même s'il n'avait besoin de rien.

— Hello Froggy, quoi de neuf ?

Heureusement, dans ce désert, il y avait Maddy, une Anglaise avec un peu de sang indien, l'épicière du village qui avait vite fait le rapprochement entre Benjamin et sa tante. Le trentenaire s'était d'abord fait remarquer en s'intéressant à son whisky indien. Puis, elle avait compris son désarroi et l'avait plusieurs fois embarqué dans son arrière-boutique pour lui faire goûter des plats épicés, déclenchant ses récits d'expatrié – qu'il taisait d'ordinaire. (Il racontait qu'il était venu habiter la maison héritée de sa tante sur un coup de tête, après avoir claqué la porte de son travail. Ras-le-bol de son patron passionné par ses petites voitures ! En général, quand il disait cela, on le regardait bizarrement et on passait à autre chose. Cela confirmait que les Français n'avaient pas toute leur tête !) Benjamin vérifia qu'il n'y avait personne dans la boutique et demanda :

— Maddy, parle-moi de la maladie de ma tante Emma.

L'épicière soupira. Elle ne pouvait rien lui refuser à ce jeune homme sorti de nulle part :

— Cet après-midi, il n'y aura personne au magasin. Si tu veux, on a de quoi se composer un bon repas.

Elle lui raconta les mauvais jours. Dans ces cas, Emma voulait quitter Stecy, immédiatement.

— Elle préférait venir me le dire à moi, parce qu'elle savait que, dans le fond, elle ne le voulait pas. Un jour, elle est venue ici, comme toi, et elle m'a dit : « Je manque beaucoup d'affection. » Dès le lendemain, elle est venue s'excuser. Heureusement, parce que j'aurais pu baisser les bras cette fois-ci.

Le vin commençait à colorer ses joues. Elle poursuivit :

— Mais parfois, elle riait de tout. Elle s'enthousiasmait soudain et on avait envie de croire à la vie à ce moment-là. Et tu sais, ta tante, elle avait un cœur en or.

Ça, il le savait déjà.

***

Quelques jours après Noël, Benjamin apprit que l'Afghanistan lançait un mandat d'arrêt contre Khan, appuyé par une notice rouge d'Interpol. L'Afghanistan et la France étant membres de la Cour Pénale Internationale, cette juridiction fut désignée compétente pour instruire le procès. Benjamin estima qu'une fois poursuivi officiellement, Khan ne tenterait plus rien contre lui : sa photographie serait largement diffusée et, en consultant le site d'Interpol, il jugea que l'image était ressemblante. Un commentaire précisait même que l'individu était susceptible de porter un shalwar kameez. Alors, Benjamin décida de sortir de l'anonymat et de la réclusion : cette habitation était hantée par les souvenirs de la douleur de sa tante. Il était temps de la quitter. Quel soulagement ! Il appela d'abord Mario – qui, ému, lui fit promettre de se revoir très bientôt – puis Luis et tous les autres. Il donna le numéro du nouveau portable qu'il avait acheté dans la ville la plus proche, à trente minutes de voiture, sur des routes boueuses et bordées de cailloux.

Une autre information fut diffusée cinq jours plus tard, discrètement, dans une période où les nouvelles pouvaient se perdre dans le flot des fêtes de famille : la ville de Paris annonçait qu'elle fermait *provisoirement* ses deux dronavenues. Benjamin l'apprit d'abord par un e-mail de Stella : « Maman me dit que les dronavenue de Paris vont fermé car dangeureses. » Toulouse et Nantes décidèrent par ricochet de rétablir la circulation routière dans les rues qu'elles avaient mises à la disposition des drones. Cette fois-ci, il ressentit un véritable sentiment de victoire : enfin des mesures concrètes. Cependant, il ne savait que penser de l'autre information contenue dans les mots de Stella : Tanya avait compris qu'il était resté en contact avec elle.

Il était emmitouflé sur une plage écossaise pour fêter un réveillon insolite en bord de mer, arrosé de vin chaud accompagné de muffins ; en guise de clou du spectacle, certains de ses nouveaux amis se préparaient pour leur premier plongeon de l'année. Depuis la nouvelle du mandat d'arrêt, Benjamin multipliait les sorties. En maillot de bain, retenant fébrilement leur drap de bain, les plus courageux convergeaient lentement vers le timide afflux de l'eau froide sur la plage. Benjamin enleva son blouson et y déposa son téléphone. Comme il se déshabillait frénétiquement, des encouragements fusèrent. Il n'avait pas prévu de se baigner. Tant pis, il rejoignit les nageurs en caleçon.

En revenant, l'euphorie le quitta. Il bomba le torse devant les applaudissements de ceux qui étaient restés, mais un sentiment de confusion l'envahissait. Contrecoup de l'annonce ? Peu après minuit, il prit une bougie allumée et s'éloigna. La bougie était déposée dans un récipient de verre teinté. La flamme oscillait et donnait des couleurs au rythme de ses pas. Il songeait à sa tante, gaie puis réservée, butée puis fantasque, un peu comme Stella. Il se souvint de ses coupes de cheveux qui passaient de la bouclette au cuivré criard, de ses conseils avisés un jour, hasardeux le lendemain. C'était avec elle qu'il avait grandi, avec la force qu'elle lui avait infusée par petites touches contradictoires, tout au long de son enfance. *D'où avaient surgi la violence de sa dépression, sa douleur, soudain, immense, ses combats internes qui l'avaient tuée ?*

Il aurait pu la suivre ; il aurait pu laisser le projet Junction se poursuivre jusqu'à son implosion. Ou ses explosions. Il lui aurait été facile de trouver dans son chagrin des prétextes pour se laisser aller. Mais il avait choisi de continuer à vivre en avouant enfin ses compromissions. Il sortit une photo d'Emma et la contempla. *En combattant ses faiblesses, n'avait-il pas tout simplement respecté les dernières volontés de cette seconde mère ?*

Il était prêt. À l'aimer et à vivre quand même. Alors, il s'avança vers la mer et posa la bougie sur l'eau. Elle flottait. Un courant l'emporta. Il murmura :

— Ciao Bella.

En Italie, « Ciao » était un salut… tout autant qu'un au revoir. Il lâchait prise, et acceptait de la laisser partir...

sans renoncer à ce qu'il avait vécu avec elle. Il approcha la photo de ses lèvres, l'embrassa puis la remit soigneusement à l'intérieur de son portefeuille. Puisqu'il le fallait, il l'aimerait telle qu'elle était, et vivrait, mais vivrait vraiment, malgré cette rupture insensée et cruelle. Jusqu'au bout, parce qu'il ne voulait pas faire souffrir ses proches comme il avait souffert.

La bougie tangua, longtemps.

Il la suivit du regard. Bientôt, elle devint un point lumineux sur l'horizon...

Et rejoignit les étoiles.

Épée de Damoclès

Benjamin émit ses vœux de bonne année tous azimuts à travers son nouveau téléphone devenu insatiable. Dans son répertoire, il lui restait cependant un numéro qu'il n'osait pas composer. Fidèle à son esprit joueur, il finit par le lancer comme une provocation à l'avenir.

— Non ? Benjamin ! s'enthousiasma une voix claire.

Les deux interlocuteurs furent pris de bredouillements inefficaces.

— Merci d'avoir transmis la nouvelle de la fin des dronavenues de Paris, avança-t-il finalement.

Piètre prétexte, songea-t-il. De toute façon, il avait suivi l'actualité de près tout au long de sa quarantaine forcée.

— Alors comme ça, ma fille, elle, elle pouvait te joindre ?

— Je crois que j'ai toujours espéré qu'elle finisse par te donner mon adresse mail.

Elle se radoucit :

— Bon, de toute manière, je ne pouvais pas cautionner ta trahison. Il valait mieux pour toi que tout contact entre nous soit rompu…

— Et maintenant ?

Elle éluda le sujet :

— Buleo se spécialise dans les drones hautement sécurisés.

— Enfin ! Pourtant, je me suis tué à alerter sur le sujet.

— Dieu merci, tu es encore vivant.

Cela venait du cœur. Ils badinèrent un moment.

L'humour de Benjamin ricochait sur les répliques de Tanya. Leur conversation resta légère. Tanya admit qu'elle avait fini par redouter que le Junction gagnât trop de terrain :

— Après que tu nous as servi ton coup de Trafalgar, il m'est arrivé plusieurs fois de lever les yeux au ciel et de penser que le drone ne devait pas l'envahir. Imagine-toi que j'ai lancé un programme de réflexion sur le drone et son environnement.

Ils se quittèrent sans promesses. Ils savaient déjà qu'ils se reverraient.

Benjamin se trouva revigoré. En l'honneur de Tanya, il sortit son planeur miniaturisé. Luis, son ami péruvien, lui avait autrefois décrit le plaisir que prenait le pilote de planeur à écouter le glissement du fuselage dans l'air, les yeux happés par le paysage. Dans cet intermède incertain, il s'était remémoré ses paroles avec nostalgie et avait construit un mini-prototype en sa mémoire. En arrivant en Écosse, il avait répondu à un appel d'offres. Il travaillait maintenant pour le compte d'une entreprise de modélisme qui produisait des modèles-réduits d'avions et de bateaux. L'administration britannique était moins tatillonne que l'administration française : il ne lui avait pas été très difficile de créer une société avec un faux nom.

Le ciel commençait déjà à rougir quand il le lança. Il ne résista pas à l'envie de le faire voler, encore. Et, encore. Une bourrasque le dévia de sa route. L'avion se dirigea vers le portail de la propriété. Il suivait le chemin marqué de pierres noires, fragments épars du château en ruine. Benjamin s'efforça de le ramener dans le champ qui lui servait d'aire d'atterrissage. Une fois l'avion en sécurité, il profita de la vue sur son insolite domaine avant de le chercher sous les lueurs du crépuscule.

Son modèle fonctionnait. Il n'irait pas plus loin ; il laisserait l'équipe pour qui il travaillait avancer sans lui. Ce serait sa seconde et dernière création pour l'aéromodélisme. Les Highlands lui avaient plu par leur lumière et leur espace pris au vent et à la pluie, même si le séjour prolongé à cet endroit garderait le goût amer de son exil forcé. Mais, il était temps de retourner à… ses amours ?

Il avait envie de se recentrer. De reprendre pied. Comme lors de son retour à Prabès, à vrai dire. Il savait qu'il lui faudrait un jour cesser de se déployer. Ses ramifications de par le monde finiraient par l'encombrer.

Et, il voulait aussi mettre son énergie recouvrée au service… d'une construction visionnaire. Un projet l'habitait depuis plusieurs mois et l'étincelle de courage qui l'avait mené au bout de ses convictions contre les dronavenues pourrait bien le porter dans une sacrée aventure : la conception d'un drone pour des réseaux tubulaires sous les villes. Une idée qui lui était venue en même temps que celle des croisements des dronavenues. Il s'agissait d'un nouveau mode de transport, tout aussi audacieux que le Junction, plus encore peut-être, qui permettrait la circulation d'objets sous terre pour pallier les situations d'engorgement du transport routier, et ceci sans mettre personne en danger. Projet pharaonique. Pourtant, plus il y réfléchissait, plus il pensait que cette voie peu explorée jusqu'alors pouvait ouvrir des possibilités inattendues. D'ailleurs, des hommes illustres l'avaient étudié, comme Léonard de Vinci, qui avait laissé des croquis sur le sujet. Benjamin savait qu'en Europe, des universitaires avaient concrétisé leur recherche par la mise en route de systèmes expérimentaux à l'intérieur de tunnels longs de quelques centaines de mètres. *Aurait-il le courage de ses ambitions ?* Il ne voulait pas se poser la question. Ses opérations médiatiques n'avaient pas fait de lui un héros ; elles lui avaient cependant donné une certaine notoriété qui pourrait servir de tremplin.

Toutefois, un contretemps ralentit son élan : Benjamin s'attendait à être convoqué par la police française pour les dégâts causés par ses frelons. Un ancien contact le rassura ; apparemment, le secrétaire d'État n'avait pas déposé de plainte pour son kiosque détruit. Le service de communication avait sûrement jugé qu'un procès mettrait en lumière l'incapacité de la France à se protéger des drones. Néanmoins, si l'État français fermait les yeux sur ces incartades, une autre institution l'inquiéta sérieusement : alors qu'il organisait son départ d'Écosse, Benjamin reçut mi-janvier, de la Cour Pénale Internationale, une citation à comparaître pour une audition concernant le massacre de Kefkan.

Affolé, il reporta son départ et contacta un avocat de renom, recommandé par un ami, et obtint, difficilement, un rendez-vous sur Skype. Les jours suivants, il oscilla entre angoisse et soulagement : ce procès lui permettrait probablement de tourner une page douloureuse de sa vie. Mais à quel prix ?

Maître Benabi devait avoir une cinquantaine d'années.

Sa respiration était courte. Il l'enjoignit à l'écran d'expliquer son cas rapidement. Pendant que Benjamin parlait, l'homme souleva plusieurs fois d'épais sourcils gris. Il se fit plus aimable quand il comprit qu'il s'agissait d'une affaire qu'il connaissait déjà par les médias. Il prit quelques notes et le recontacta dans la journée en lui annonçant qu'il mettrait en avant les intentions initialement humanitaires de l'oiseau-drone. Il lui assura que leur cas se présentait bien : aucun mandat d'arrêt n'était lancé contre lui. Benjamin pourrait se rendre à la Chambre préliminaire un mois plus tard en tant que prévenu libre. En fin d'entretien, il ajouta :

— C'est très bon signe, vous savez, le fait qu'il n'y ait pas de mandat, commenta-t-il en s'enfonçant dans son siège.

— Comment cela ? questionna Benjamin, les yeux écarquillés.

Son avocat lui expliqua que la CPI redorait ainsi son blason : une arrestation douteuse en Afrique avait récemment défrayé la chronique. Des fonctionnaires zélés avaient maintenu un chef d'État attaché à une chaise, à moitié asphyxié par une cagoule, et ceci pendant une nuit entière. Une semaine plus tard, Maître Benabi lui parla d'un encart concernant Benjamin paru dans la presse spécialisée : le journaliste se félicitait lui aussi du fait que l'ingénieur comparaissait en tant que prévenu libre, car cette décision donnait tout son sens à la présomption d'innocence, trop souvent mise à mal d'après lui, lors des procès menés par la Cour Internationale. Il faisait forcément allusion à l'affaire récente en Afrique. Il concluait en affirmant qu'il n'existait pas de motif réel permettant de croire que le prévenu fût responsable du crime commis.

Malgré l'assurance de son avocat, Benjamin fut tenté de se soustraire à sa convocation. Heureusement, quelques jours avant son audience de comparution initiale à la Chambre préliminaire de La Haye, il reçut avec émotion une réponse positive du ministère des Transports français pour un rendez-vous au sujet de son projet de réseau tubulaire. Un nouveau départ. Il s'accrocha alors à cette perspective, ce qui lui permit de se détacher des suites malencontreuses que pouvait avoir son voyage aux Pays-Bas.

***

La Cour internationale était constituée d'un immeuble moderne au toit ondulé relié par une sorte de charnière à un autre bâtiment angulaire, lequel était fièrement dressé. Benjamin devait passer un sas qui se trouvait à vingt mètres devant lui ; malgré le froid de février, il restait là, indécis devant le panneau bleu où se détachaient en blanc les lettres des mots : Cour *Pénale* Internationale. Il avait dit à certains de ses amis qu'il se rendait à la Cour internationale, en omettant l'adjectif pénale, par snobisme peut-être, ou parce qu'il en avait peur.

Il respira profondément et pénétra à l'intérieur. Il venait de lire un dossier décrivant une enquête réclamée par la CPI sur l'extermination d'une religion dont le culte intégrait des pratiques communes aux chrétiens et aux musulmans. Le procès du massacre de Kefkan n'était qu'une petite affaire à côté de ces génocides. Mais, il risquait la prison comme tous ceux qui étaient passés à l'intérieur de ces murs. Il retrouva son avocat qui lui annonça que leurs témoins seraient là d'un moment à l'autre.

L'audience se passait devant un seul juge, une femme plantureuse et sûre d'elle. Le box du procureur était bien rempli. Cependant, le procureur lui-même était absent. Au préalable, la juge demanda à Benjamin s'il connaissait ses droits et s'il savait de quoi on l'accusait. Il acquiesça et déclina l'offre qu'elle lui fit de relire l'acte d'accusation. Il fut précisé qu'il ne s'agissait pas d'un procès, mais d'une audience devant statuer sur le bien-fondé de la demande d'enquête du procureur.

La juge commença l'audition en l'engageant d'abord à se présenter. Benjamin parla de son activité d'ingénieur spécialisé en drone. L'avocat put faire venir un témoin qu'ils avaient choisi ensemble : Luis témoigna du désintéressement que son ami mettait dans son travail. L'émotion filtrait dans ses propos. Luis… Sa calvitie naissante étirait son visage bienveillant. À l'annonce de la mort de sa tante, c'était chez lui que l'ingénieur s'était réfugié, car Luis savait compatir : ses silences enrobaient les malheurs de ses amis avec compassion. Son témoignage fut précis et chaleureux.

La juge en vint aux faits qui lui étaient reprochés dans l'affaire de Kefkan. On le soupçonnait de complicité. Benjamin ne pouvait pas nier avoir fourni l'instrument du crime ; mais que l'on pût imaginer qu'il aurait participé au bombardement des hauteurs du Wakhan l'épouvantait. Il songea à ses parents. Il avait préféré ne pas les inquiéter et leur avait parlé d'une formalité aux Pays-Bas. « Ensuite, je reviendrai vous voir comme avant », avait-il assuré. Ce qui rendait Benjamin suspect était sa volonté de contourner le système de défense américain en rendant son drone furtif, même si les USA n'avaient toujours pas ratifié le Statut de Rome, celui-là même qui donnait autorité à la Cour pour juger les personnes accusées de crime contre l'humanité. Le massacre de Kefkan en relevait. Et, le secret avec lequel il avait entouré sa mission aggravait son cas. Benjamin expliqua alors combien cela avait été pénible pour lui de ne pas partager ce dossier confidentiel avec Mario notamment. Il savait que celui-ci était dans la salle ; l'amertume de ses propos s'adressa aussi à lui. *Il se remémora les questions de son collègue sur ce drone chargé de livrer des médicaments.* « Dans quelle région, d'ailleurs ? Je ne m'en souviens plus », *avait-il ajouté. Et pour cause : Habib Khan avait tenu à ce que l'on entoure le projet d'une confidentialité totale, prétextant que les Américains, devenus paranoïaques, interdiraient ces vols.*

La juge reprit les différentes étapes du projet qui avait permis de créer le drone-oiseau. Benjamin répondit avec le plus grand soin : maître Benabi pensait qu'elle saurait trouver les failles qui dévoileraient l'irrecevabilité des présomptions de l'accusation, à condition qu'on lui donne de quoi se justifier.

L'ingénieur parla de sa rencontre avec Mahdi et Habib Khan à un salon des nouvelles technologies à Paris, puis de la demande faite par Habib quelques semaines plus tard alors qu'il était de retour en Chine.

Benjamin avait consulté différents scientifiques spécialistes des oiseaux afghans ou des radars pour mener à bien le projet ; ils confirmèrent les volontés humanitaires de l'ingénieur. Mario, de son côté, fournit un témoignage touchant, mais il termina avec un tendancieux : « Je n'aurais jamais pensé qu'il pouvait abandonner Buleo », qui fit sursauter Benjamin.

Heureusement, la juge enchaîna avec l'examen des raisons qui auraient pu le conduire à commettre ces crimes. Aucune hypothèse, bien que fouillée avec soin, ne parut crédible. L'espoir se fit sentir. Comme un ange qui passe. Benjamin décida qu'il fallait avoir confiance.

La juge laissa planer un silence, puis elle examina une lettre que Khan avait fait remettre à Benjamin. L'analyse graphologique en authentifia la provenance. Habib Khan le menaçait explicitement de représailles s'il parlait de leur collaboration. Son écriture sèche et malhabile était apparemment facilement identifiable.

Le document suivant, fourni par Benjamin pour justifier de l'imposture dont il avait été victime, était la dernière carte qu'il pouvait jouer. Derrière sa détermination, Habib Khan cachait une imagination débordante. Dans le dossier que Benjamin lui avait demandé de remplir se trouvait un paragraphe sur l'intérêt du projet ; l'Afghan s'était exécuté avec application. Il se disait chargé de mission pour l'OFART, organisation humanitaire française. Il expliquait qu'il voulait permettre aux déshérités du Wakhan, province froide et inaccessible d'Afghanistan, de bénéficier eux aussi de l'aide française. Les Américains se méfiant de tout, il valait mieux utiliser un moyen discret, pour le succès de l'opération. Khan, grandiloquent, avait décrit la misère : il avait révélé que, faute de pouvoir les soigner, on mettait souvent les malades en quarantaine pour ne pas contaminer tout le village, au risque de les laisser mourir. Plus tard, Benjamin sut qu'il s'était inspiré de sa propre enfance à Khandud, dans les montagnes. Ce témoignage, écrit qui plus est, prouvait la bonne volonté initiale du programme lancé par Benjamin.

À la fin de l'audience, la juge annonça qu'il était toujours libre de ses mouvements et que la Chambre préliminaire statuerait sous un mois sur la recevabilité de la demande d'enquête à son encontre provenant du bureau du procureur. Benjamin sortit immensément soulagé. Il lui sembla qu'il laissait aux Pays-Bas un boulet qu'il traînait depuis des années et il décida d'oublier provisoirement le risque qui planait encore au-dessus de sa tête. Il remercia chaleureusement son avocat. Il reconnut un peu plus loin l'avocat de Buleo, qui, lui, paraissait moins enthousiaste. L'ingénieur lui serra la main avec entrain, ce qui le dérida un peu. Ils savaient tous les deux que l'accusation pouvait aussi se retourner contre l'entreprise.

Luis vint le premier le féliciter. Benjamin le convia à un repas le soir : il savait que son ami n'apprécierait pas l'effervescence du pot qu'il proposerait dans un bar à l'issue de cette épreuve. Mario l'attendait un peu plus loin et se joignit à la troupe invitée par le prévenu pour fêter sa liberté. En chemin, Benjamin lui annonça :

— Il faut que je vienne te voir pour te parler d'un grand projet.

Mario sourit. Finalement, il se pencha vers lui et le mit au défi :

— Et si tu rentrais avec moi demain ? Je te présenterai la Mamma. Tu verras, elle est digne des légendes italiennes.

Pendant son exil, Mario était enfin retourné dans son pays. Benjamin n'avait plus qu'une maison transitoire dans un lieu peuplé de vents et de falaises. En dehors de Maddy, plus rien ne le rattachait à l'Écosse. Il n'hésita pas longtemps avant d'accepter de prendre le même train que le sien. Ainsi pourrait-il lui offrir la primeur de son idée.

Le soir, Benjamin retrouva Luis dans un restaurant borgne qui se donnait des allures célestes en constellant son plafond de spots lumineux. Il soupira en apercevant une sorte d'arbre synthétique affublé d'une guirlande, dans lequel étaient piquées des fleurs qui se fanaient. Il aurait aimé lui proposer un meilleur endroit ! Cependant, il avait hâte d'écouter les récits de son ami devenu finalement archéologue et le rejoignit au fond de la salle. Benjamin se fit la réflexion qu'il portait bien le costume, même si ses épaules paraissaient engoncées dans sa veste ajustée. Il se revit, jeune et ambitieux, débarqué au Pérou avec des illusions plus grandes que lui. Luis les avait tempérées sans jamais les moquer.

L'ingénieur avait su tardivement que Luis était influent dans les milieux d'affaires. Il était le fils d'un riche industriel, mais il était davantage reconnu pour son sens de la négociation. Cependant, il avait toujours préféré la robotique et en particulier le monde du drone, dont il était prescripteur pour les grands projets de son pays.

Et Luis détailla sa nouvelle activité, qu'il pratiquait au grand dam de son entourage. Benjamin l'interrogea sur les dernières découvertes de son équipe : huit dépouilles de femmes sacrifiées 1300 ans auparavant. Après la légende du lieu d'où elles avaient été exhumées, l'ingénieur s'attendait à ce qu'il lui en narrât l'histoire. L'archéologue éluda les questions :

— Ces femmes sacrifiées, quel que soit leur calvaire, c'est une atrocité. Je ne veux pas l'édulcorer.

Puis, il l'interrogea sur le procès. Luis voulait tout savoir sur Khan, également sur son frère Mahdi, dont il avait entendu parler après les agissements immodérés de sa femme. Benjamin conclut :

— Jamais je ne pourrai le plaindre, ce monstre, mais je dois reconnaître que, à l'image de l'Afghanistan, il a vécu des revers successifs qui pourraient facilement achever un homme normalement constitué. Et il a fallu qu'il porte son dévolu sur nos drones…

Soudain, il se souvint de ce que Luis lui avait dit le 11 septembre 2001 : « Ces objets qui portent nos espoirs peuvent aussi être manœuvrés par le désespoir… »

— N'arrête pas le progrès. En revanche, n'oublie jamais que le désespoir ne doit jamais prendre les commandes, répéta-t-il tout haut.

— Pardon ?

— C'est ce que tu m'avais dit après les attentats !

— Ah, oui…

Sa tête se releva au-dessus de ses épaules. Son ami lui donna un sourire franc et ses yeux brillèrent sous ses arcades sourcilières.

— Et maintenant que tu as stoppé la progression de ce

fou furieux, quand vas-tu te remettre à ta chère technologie ? demanda-t-il sur un ton provocateur.

— Très bientôt, je l'espère, répondit-il mystérieusement. Et, c'est encore de drones qu'il s'agira. On ne pourra pas dire que je renie mes jouets préférés, ajouta-t-il avec malice.

Fastes incertains

Le wagon contenait principalement des hommes d'affaires. Benjamin obtint la place située à côté de Mario. Durant le voyage, ce dernier lui soumit ses dilemmes. Il terminait le projet de surveillance des lignes italiennes de chemin de fer et il peinait à choisir entre les options qui se présentaient. Les sourcils froncés, le regard fixe, il expliqua les enjeux auxquels il était confronté. Benjamin avait eu le temps de prendre du recul depuis son départ de Rome. Mario étant susceptible, il fut prévenant et couvrit l'ensemble des questions soulevées, puis il trancha.

Une fois que Mario eut digéré sa proposition, il aborda le sujet qui l'agitait : son projet de drones en réseau souterrain. Il lui en dévoila toutes les facettes. Stupéfait, Mario ne répondit d'abord rien. Il parut cependant touché quand son collègue lui avoua qu'il était le premier à qui il en parlait. « J'ai rendez-vous au ministère français en fin de semaine », avança-t-il pour lui tendre une perche, mais l'Italien se contenta de le féliciter. Il fit rouler son épaule droite, puis il lui distilla quelques conseils en aérodynamisme.

— En milieu confiné, il faudra que tu prennes en compte l'effet des parois.

Les deux hommes semblaient deviser. Benjamin observait par intermittence la campagne qui défilait. Tous les deux conscients de l'envergure du sujet, ils se lançaient imperceptiblement dans des projections de plus en plus séduisantes. Mario ne proposait toujours pas de se joindre à lui ; il conclut néanmoins :

— Cette fois-ci, il se pourrait bien que tu puisses faire bouger vraiment les choses.

Étonné du flegme de son collègue et ami, Benjamin renchérit :

— Je pense en effet pouvoir ouvrir aux drones un espace nouveau et sans risque qui les mettront véritablement à notre service.

Arrivé en Italie, il ne profita pas immédiatement des bienfaits des retrouvailles impromptues : le procès lui revenait par bribes. *La juge parviendrait-elle à démontrer l'irrecevabilité de la demande du procureur ?* Il s'efforça de ne pas y penser et de vivre le plus possible les instants présents. Sèche et volubile, la Mamma ne parlait pas un mot de français, mais s'employa à le nourrir ; et la douceur des températures italiennes, comparées à celles qu'il avait connues dans les Highlands, le revigora. Il réalisa aussi un vieux rêve : le dimanche suivant, Mario le conduisit dans le village dans lequel avait vécu son grand-père. Lors de son exil, le Caussenard avait projeté d'y emmener ses parents.

À plusieurs reprises, Mario exprima son admiration pour Benjamin devant ses proches. Quelques piques aussi, que le Français reçut sans broncher. Sa seule riposte fut d'exposer un soir à son ami ce par quoi il était passé. Mario comprit ; ses allusions assassines s'émoussèrent. Régulièrement, les souvenirs de leurs tribulations remontaient, devant les autres ou entre eux – pour ceux qu'ils garderaient cachés. Benjamin s'en délecta. Il mesura à quel point ils constituaient des fragments de son histoire : ils retrouvaient peu à peu le lien qu'ils avaient tissé, en Chine, puis tout au long de leurs années de collaboration d'expatriés. Malgré le coup d'éclat de Benjamin qui, pour Mario, avait eu des airs de désertion. Et malgré le silence radio que le fugitif avait imposé à tous pour préserver sa sécurité.

Benjamin regarda d'un œil bienveillant la nouvelle vie de Mario : ce dernier semblait plus assuré. Toujours le même sourire dans son visage rond… Cependant, ici, il forçait moins le trait. Ses vêtements étaient imperceptiblement plus chics que ce à quoi Benjamin était habitué : un polo, mais avec un col doublé ; un pantalon en toile, mais ajusté. Mario s'était par ailleurs fait connaître auprès des institutions italiennes. Il n'était pas près de repartir : Benjamin comprit qu'il ne l'entraînerait pas avec lui. Pourtant, il profita des virées avec les amis de Mario, explora la ville avec plaisir. En imaginant sa tante Emma avec son appareil photo, il en capta la lumière, découvrit une fontaine, détailla des gargouilles…

Le dernier soir, après une visite du Colisée, monument mythique qui enlaçait le passé, il fit ses adieux à Mario avec émotion, et lui souhaita bonne chance. Ce dernier admit enfin :

— Il t'a fallu du cran.

En posant sa main sur l'épaule de Mario, Benjamin rétorqua :

— Le plus difficile a été de me persuader que je pouvais, moi aussi, avoir du courage.

***

Conformément au rendez-vous qu'il avait décroché avant de partir pour La Haye, Benjamin s'était rendu le vendredi suivant au ministère des Transports à Paris. Il se trouvait dans une sorte d'antichambre dorée, courtoise, mais à l'écart de toute information : il ignorait combien de temps il passerait ici et l'heure convenue était déjà bien passée. Il savait simplement que le nouveau secrétaire d'État aux Transports devait le recevoir. (Garnier avait donc été destitué probablement grâce à son intervention contre le Junction, amère victoire.) On était fin février. L'attente était aussi lourde que l'humidité blanche et immobile qu'il apercevait par la fenêtre. Quand on lui annonça enfin qu'il allait être entendu, Benjamin n'obtint aucune excuse.

En pénétrant à l'intérieur du bureau, il remarqua le contraste entre le lustre qui dégoulinait de verreries et la table de travail spartiate bordée de gris.

— Alors, c'est vous qui avez fait capoter le projet Junction ? vérifia son interlocuteur.

L'ingénieur sentit une pointe d'admiration dans sa question. *Était-ce la curiosité qui avait incité le secrétaire à le recevoir ?*

— Buleo aurait pu inonder les villes de ses drones. Mais l'avancée technologique se fait à condition qu'on la dote de freins à sa mesure. Le Junction n'était pas maîtrisable.

Il poursuivit en se penchant en avant :

— L'impulsion donnée par les dronavenues peut être fructueuse si on la pense autrement. Monsieur le secrétaire d'État, je suis venu vous présenter un projet qui mettra le drone au service de tous et en toute sécurité.

Le secrétaire le coupa en souriant :

— Je m'en doutais.

— De quoi monsieur ?

— Que vous y reviendriez.

— Pardon ?

Benjamin recula sur sa chaise. Son interlocuteur s'expliqua :

— Vous êtes un ingénieur engagé, paraît-il.

Était-ce une façon de faire dévier la conversation ? Benjamin se racla la gorge et continua d'exposer son idée :

— C'est vrai, je me suis donné à mon travail et j'ai acquis une expertise dont peu d'ingénieurs peuvent se vanter. D'ailleurs, laissez-moi vous entretenir sur un véritable projet d'avenir : le réseau tubulaire.

Le politique se tenait droit et semblait l'écouter attentivement. Il prit quelques notes. Benjamin développa ses arguments avec des signes éloquents de la main : les coûts seraient certes non négligeables. Néanmoins, à terme, ce réseau donnerait de l'avance à leur pays. La France n'était-elle pas capable de compter en décennies pour un programme qui aurait un effet bénéfique tant sur le plan économique que sur le plan écologique ?

En sortant, pris à son propre jeu, Benjamin s'était persuadé que les réseaux tubulaires allaient avoir gain de cause. Le projet était moins accrocheur que le Junction : quitter le ciel afin de pénétrer les souterrains n'était pas, de prime abord, très engageant... Cependant, là, il était certain que des petites filles comme Stella pourraient user de leurs jambes toutes neuves sans craindre qu'un oiseau de malheur ne s'abatte sur elles !

Un autre rendez-vous parisien lui permit de régler une vieille affaire. Il fallait malgré tout payer pour son délit au domicile de l'ex-secrétaire des Transports : Garnier l'avait fait contacter pour lui proposer une transaction.

Son majordome rejoignit Benjamin dans le sous-sol feutré d'un petit théâtre. Il eut un moment d'arrêt en l'apercevant. *Peut-être s'attendait-il à rencontrer un homme de bas étage ?* Finalement, il vint s'asseoir en face de lui, posa son chapeau et accepta la boisson que l'ingénieur lui offrait. Avant que ce dernier lui remît une enveloppe contenant un chèque d'un montant non négligeable, Landry délivra sur un ton pincé quelques nouvelles de son patron : il avait démissionné après la fin peu glorieuse des dronavenues.

— Ce n'est pas ce que vous croyez, monsieur Garnier est loin d'être un homme fini. Il en a vu d'autres, dit-il en pointant son index vers son interlocuteur.

Benjamin s'en félicita et s'enfonça avec soulagement dans le velours rouge du fauteuil. Un morceau de jazz s'égrenait dans l'ombre de cet endroit rassurant. *Restait la dernière échéance du procès.* Du moins, l'espérait-il.

***

Benjamin passa les derniers jours avant le verdict en Écosse. Il était revenu y chercher ses affaires sans vraiment savoir où il les emporterait. Nerveux, il appela ses amis tout au long de la semaine, soi-disant pour prendre des nouvelles. Il leur parlait de son départ imminent vers d'autres horizons, sans évoquer l'éventualité d'une arrestation : seuls Mario et Luis connaissaient la date à laquelle la Chambre préliminaire se prononçait. Les discussions terminaient souvent par un « Tu viens quand tu veux » : à cette proposition banale, ciment de ses amitiés, il fut tenté de répondre avec un empressement chargé d'urgence et de peur viscérale. Il se contenta d'un « je sais », qui le réconfortait et qui, au fond de ses nuits, faillit plusieurs fois le projeter dans un aéroport, hagard, la carte bleue déployée afin d'intercepter un vol vers des destinations amies où il pourrait se cacher. Il avait des contacts un peu partout dans le monde, quelques économies, et une faculté d'adaptation bien rodée par de multiples expatriations : il aurait pu facilement s'échapper.

Le jour J, un mois après son audience à La Haye, Benjamin attendit le verdict, seul dans la maison écossaise d'Emma. Il n'avait pas eu le courage de se rendre à la Cour pénale internationale. Dans quelques heures, maître Benabi entendrait à sa place le jugement de la Chambre préliminaire statuant sur la recevabilité de l'ouverture d'une enquête sur son éventuelle culpabilité.

Des fronts nuageux, plombés de noir et de gris, se succédaient.

Le téléphone sonna à 15 h 45.

Ce mercredi 8 mars, il bénit la vertu de l'article 61(7)(c)(i) du Statut de Rome qui requiert l'existence de « motifs substantiels et suffisants de croire » que la personne a commis les crimes qui lui sont reprochés, pour que les charges soient confirmées : il apprit que la poursuite de l'enquête sur son éventuelle culpabilité avait été invalidée par la Chambre préliminaire ! Benjamin pleura de joie au téléphone. Au vu du dossier défendu lors de l'audience, l'avocat lui assura que le procureur en resterait là. Benjamin ne le laissa pas achever son exposé : il entama une danse de sioux dans la maison vide, avant de se rendre à l'épicerie.

En revanche, la juge entérina la demande du procureur de procéder à une enquête approfondie à l'encontre d'Habib Khan. Par contumace. Car celui-ci ne s'était toujours pas présenté et devait errer quelque part en Afghanistan : les premières recherches avaient établi qu'il se trouvait probablement dans la région de son village natal.

Projets

Libre !

Conformément au retour aux sources qu'il avait prévu avant de recevoir sa convocation à la CPI, Benjamin décida de rentrer à Prabès, plutôt que de courir le monde pour relier ses amis. Pas seulement pour ménager son pécule – quoique : sans gagne-pain, il se découvrait presque économe. Non pas exactement pour passer un moment en famille : il s'installait dans la maisonnette d'Emma. Pas vraiment non plus pour se rapprocher de Tanya, quoique… : il ne lui téléphona pas immédiatement en arrivant ; il se promit néanmoins qu'il irait bientôt prendre de ses nouvelles et de Stella.

Il retrouva ainsi d'abord ses parents qui exprimèrent les seules effusions qui leur étaient possibles : une accolade appuyée, des questions au coin du feu. Accoutumée aux absences, sa famille avait cependant elle aussi souffert de cet épisode. Jamais auparavant, l'idée qu'ils ne pourraient plus se revoir ne leur avait effleuré l'esprit. Quand Benjamin retourna à la maisonnette de sa tante, ses parents restèrent longtemps sur le palier malgré le froid alors que d'ordinaire, on ne laissait pas une porte ouverte aux bourrasques hivernales !

Une surprise l'attendait dans ce lieu qu'il connaissait pourtant comme sa poche : pendant la soirée, il se promena dans les pièces pour regarder d'un œil nouveau les photos de sa tante. Elles étaient plus sages qu'en Écosse. Dans un recoin, il découvrit une photo qui lui disait quelque chose… Il reconnut subitement une vue du village de son grand-père en Italie ! *Ainsi, elle avait au moins renoué avec leur passé.* Cette pensée le rasséréna.

Le lendemain, il se rendit chez Lolo.

— Tu as eu du cran, mon ami, commenta le barman en lui posant un verre de vin chaud devant lui.

Benjamin sourit. À Prabès, les dernières neiges saupoudraient encore les champs d'un grésil granuleux. Le sol était craquant comme une meringue. Le ciel, bas, se déchirait en des tâches de lumière. Cependant, les tentacules des congères se rétractaient devant les prémices du printemps. Pour une fois, ils décidèrent de randonner ensemble dans les alentours de Prabès. Cet interlude convenait à Benjamin : il lui tardait de retrouver Tanya, mais il ne savait pas comment s'y prendre. Au ministère, on l'avait assuré qu'il recevrait un courrier ; le matin, il ouvrit l'antique boîte aux lettres verte, recouverte d'une tuile censée la protéger des intempéries. Il y avait inscrit son nom et il prétendait qu'il était revenu afin d'afficher un domicile français pour l'institution de son pays. Son adresse écossaise manquait certes singulièrement de patriotisme et il avait préféré donner celle de sa tante – pour conjurer le sort aussi peut-être – mais en son for intérieur, il sentait avec une acuité de plus en plus perceptible qu'il venait chercher autre chose à Prabès. D'ailleurs, quelle joie quand, trois jours après son arrivée seulement, il reçut un appel de Tanya…

— Louisa t'a aperçu au marché de Prabès. Tu passes quand tu veux !

Bigre, elle le devançait. Plus étrange encore : au ton

qu'elle prenait, il comprit que c'était une demande pressante, certes, mais pas un ordre.

— J'allais te contacter, j'ai un cadeau pour Stella, se justifia-t-il, gêné.

Il attendit qu'elle consultât son agenda. Elle proposa :

— Passe demain en fin d'après-midi, je m'arrangerai pour travailler à la maison.

Benjamin se rendit chez Stella et Tanya avec un paquet léger, mais encombrant, qu'il portait avec précaution. Louisa lui demanda d'attendre dans le salon saumon :

— Stella rentre de l'école vers dix-sept heures et madame arrive d'un moment à l'autre, annonça-t-elle sèchement, comme si elle ne lui avait jamais parlé avec passion de son village portugais lors d'une soirée un peu spéciale.

Ou alors peut-être que la jeune femme lui reprochait, elle aussi, sa désertion. Lorsqu'il s'engagea dans le couloir, il sentit qu'elle le suivait du regard.

Quelques minutes plus tard, il entendit le pas décidé de Tanya qui approchait. Elle étreignit maladroitement sa main, puis elle prit place à côté de lui.

— Alors, que deviens-tu ?

Chose extraordinaire, Benjamin constata qu'elle ôta ses lunettes de soleil pour les déposer à côté d'elle. Il lui parla de son exil forcé, de sa peur d'être rattrapé par Khan, de son procès, de sa solitude, du vide créé par la perte de son emploi. Il s'ensuivit un silence. Les fauteuils étaient tournés vers la baie vitrée. L'hiver n'avait laissé que le vert du gazon, souligné par des paquets de neige ici disparates. La tonnelle montrait son squelette. Quand les bourrasques de pluie s'abattaient sur les vitres, l'angle de la pièce fendait le vent et avait des allures de proue de navire. Derrière eux, une fausse cheminée donnait une flambée imaginaire.

Tanya hésita avant d'annoncer :

— J'ai entendu parler de ton projet au ministère.

Benjamin se redressa, mais n'en fut même pas surpris. Il songeait à l'image qu'il avait gardée d'elle. Et qui l'habitait par intermittence.

Elle se reprit :

— Benjamin, pourquoi ne m'as-tu rien dit à ce sujet ? questionna-t-elle en accompagnant ses mots de gestes réprobateurs.

Il bredouilla :

— J'en ai parlé il y a longtemps, mais ce jour-là, tu étais avec tes grands pontes du ministère.

Il enchaîna :

— Le clampin chargé des comptes rendus avait purement et simplement passé mon projet sous silence. Enfin pas tout à fait : il en avait prélevé mon concept des carrefours intelligents.

Il raconta l'humiliation qu'il avait subie et Tanya prit conscience des raisons de sa réaction déplacée avec les représentants de l'État. Elle conclut :

— De toute façon, ça n'était pas le moment. Les tunnels n'intéressaient personne à l'époque. À côté de l'espace aérien, le réseau souterrain, c'est moins vendeur. Mais, là, maintenant, j'ai quelque chose pour toi : aimerais-tu partir mettre en œuvre un réseau tubulaire sur un autre continent ?

Repartir. Il avait plutôt envisagé de rentrer. Il pensa à

Mario, enfin chez lui. *Est-ce que sa place serait toujours… ailleurs ?* Toutefois, après l'ennui profond qu'il avait éprouvé en Écosse, cette ouverture était séduisante.

Tanya précisa :

— Au Canada, nous pouvons prolonger un visa jusqu'à six mois. J'ai quelques pistes. Nous pourrions tenter notre chance.

Nous… Autrefois, sa tante Emma avait coutume de dire : « On n'est jamais à l'abri d'une bonne surprise. » Il lut dans ses yeux que sa proposition n'était pas seulement professionnelle. *Ainsi, Tanya, elle aussi, ressentait cette impérieuse attirance qui le malmenait depuis trop longtemps.* Cette hypothèse-là, bien que chérie, il l'avait reléguée au rang des improbabilités à examiner ultérieurement. Comme il ne répondait pas, elle ajouta :

— Tu sais, même lorsque je te désapprouvais, je n'ai rien dit de ce que je savais de ton désengagement de Buleo.

— Je n'en ai jamais douté.

Deux mètres les séparaient. Il se leva…

À cet instant précis, Stella surgit avec une armée d'amies. Benjamin savait qu'elle était debout depuis plusieurs mois ; cependant, il ne l'avait pas encore vu marcher : ce fut un choc. Il la complimenta. Il eut à peine le temps de recouvrer ses esprits et de saisir le paquet pour le lui remettre, que déjà elle le broyait dans l'élan d'une embrassade.

— Je suis contente que tu sois là !

Son émotion se perdit dans le bruit du papier froissé quand elle comprit que la chose en accordéon entre eux deux était un cadeau qu'il lui apportait.

— Elle est trop belle ! s'exclama-t-elle.

Elle tendait devant elle une tenue traditionnelle afghane. Un chapeau ocre finement brodé tomba à terre et un foulard intensément coloré s'échappa pour se déposer lentement sur le sol. Cependant, elle s'élançait déjà, suivie de sa troupe. Elle avait une drôle de démarche, mais semblait ne pas s'en apercevoir. *Elle le laissait là ?*

Stella se ravisa :

— Viens voir, cria-t-elle finalement du fond du couloir.

Quand il la retrouva dans la chambre, entourée de sa nuée d'admirateurs, elle enfilait l'habit afghan sur le mannequin. Elle lui avait ôté la tenue de Davy Crockett, qui, roulée en boule, traînait à même le sol quelques mètres en arrière.

— C'est bien comme cela ? demanda-t-elle, en nouant le foulard qu'il avait ramassé.

— Oui, il lui manque juste la poussière de là-haut, plaisanta-t-il.

Puis, il se reprit :

— Stella, il faudra que tu en prennes soin. C'est un costume d'apparat de la région du Wakhan.

Ne comprendrait-elle jamais ?

— C'est la petite fille ?

— Comment ça ?

— C'est la petite fille qui me ressemblait qui l'a fait envoyer ?

— En quelque sorte oui…

Déjà, elle s'emparait de la tablette de chocolat qu'il tenait à la main pour entraîner tout son monde dans la cuisine.

— Génial, du chocolat au lait !

Benjamin s'amusa de sa légèreté ; elle se comportait comme une fillette de son âge. Il la regarda s'éloigner… Ses rêves d'enfant avaient autrefois pris forme avec cette même insouciance.

Malgré toutes ces morts injustes, et même si sa tante s'en était allée, il reprendrait la vie là où il l'avait laissée, avec ardeur : il ne renoncerait pas à vivre.

Épilogue

Montréal, un samedi tranquille, dix ans plus tard

Tanya avait accueilli avec plaisir l'humour que Benjamin apportait dans sa vie ; lui avait accepté les défis qu'elle dressait devant lui. Ils habitaient un appartement non loin du Vieux-Port. En bas de chez eux, de l'autre côté de la rue, se trouvait une langue d'herbe effleurée par un canal. Ils n'avaient pas mis longtemps à s'apprivoiser : c'était comme s'ils s'attendaient depuis toujours. Parfois, ils se remémoraient l'instant mystérieux qui les avait liés dans l'enceinte d'un amphithéâtre électrisé par l'imminence d'une annonce.

— Tanya, regarde !

— Mmh…

Benjamin tenait ostensiblement une enveloppe dans sa main et souriait. Sa compagne était étendue sur le gazon, alanguie. Derrière elle se dressaient quelques fleurons intemporels de Montréal : une basilique, un gratte-ciel.

— C'est une lettre de Stella.

Elle se redressa et gloussa. Sa fille préférait l'antique courrier, dédaignant e-mail, SMS ou appel téléphonique : elle la reconnaissait bien là. Il s'assit à côté d'elle, impatient.

— Elle dit qu'elle s'y plaît vraiment, annonça-t-il.

La jeune fille avait entrepris des études d'architecte et se trouvait en Australie.

— Écoute ça :

Je me souviens des questions que je posais à Benjamin quand j'étais clouée dans mon lit. Les profs nous demandent de décrypter le cadre de chaque lieu : le milieu, le climat, ainsi que l'histoire et la culture. Eh bien, c'est exactement ce que nous faisions ensemble. Si ce n'est que... lui, il m'emmenait plus loin encore. Grâce à lui, j'ai appris à avoir les pieds sur terre et la tête dans les étoiles.

L'ingénieur s'allongea sur l'herbe auprès de Tanya, songeur. Lui aussi devait beaucoup à Stella. Grâce à elle, il avait renoncé à se laisser aller, il s'était relevé pour ses convictions. Il se souvint du lampion qu'il avait laissé filer vers les étoiles.

Si elle avait été là, sa tante Emma lui aurait dit : « Toi, mon coco, tu es en train d'attraper le bonheur. » Elle était encore présente, d'une nouvelle façon. Il était bien fini le temps où il s'engluait dans une culpabilité paralysante. Il avait, de plus, récolté les fruits de son action de communication. Bien qu'ambigüe, car issue de son show médiatique, sa démarche avait franchi les frontières et l'avait finalement aidé à porter son dernier projet auprès des bons interlocuteurs. Des ingénieurs talentueux l'avaient rejoint et bientôt des essais grandeur nature pourraient être réalisés.

Quant à Khan, il avait été arrêté. La dernière photo diffusée était celle d'un homme édenté au regard égaré ; il était devenu enragé. Benjamin se sentait encore meurtri du drame de Kefkan, mais son action avait empêché que les drones de consommation puissent représenter un danger. Et, indirectement, son combat en avait rejoint un autre : celui de l'OFART. Même si elle avait été démesurée et sanctionnée, la détresse d'Asima avait permis aux témoins de la turpitude des talibans de s'exprimer dans l'hexagone.

— Elle demande aussi quand on rentrera, indiqua Tanya, qui lui avait pris la lettre des mains.

— Rentrer où ? questionna-t-il mollement.

Il ne se voyait pas retourner à Prabès. Son esprit divagua entre ses différents domiciles de par le monde, envisagea la Moldavie natale de Tanya en passant par son château d'Écosse. Sa compagne lui sauva la mise :

— Je ne sais pas. Peut-être sommes-nous d'ailleurs, comme d'autres sont d'ici. Pas grave. Ce qui compte, ce sont ceux que nous portons là. Elle désignait son cœur. Elle ajouta :

— Les frontières qui nous entourent n'y changeront rien.

En dessous d'eux, l'eau, primesautière, coulait vers d'autres horizons. L'herbe sentait bon. Le ciel, immense, les couvait d'une douce chaleur. Ils restèrent, indolents, s'imprégnant du sol, se laissant emporter avec délice dans un rêve blanc et cotonneux.

FIN

Ce livre est dédié à ma mère, qui a cédé à ses souffrances, un jour de trop, qui n'aurait pas dû arriver. Je veux témoigner ici que je suis fière d'elle et reste persuadée qu'elle a mené de sacrés combats !

Remerciements

Merci à mon mari, qui me soutient dans mes explorations en me prodiguant des avis éclairés et en me tendant des perches opportunes.

Merci à mes bêta-lectrices : Ellen, qui m'a aidée à donner vie au personnage de Stella, et Lydie, qui m'a relue et critiquée avec soin, m'ouvrant des pistes fructueuses.

Merci aux spécialistes dans le domaine des drones, notamment Gilles, responsable de laboratoire universitaire, professeur précis et ouvert à mes questions saugrenues, qui m'a permis de rendre mes hypothèses techniques crédibles.

Merci à Stéphanie, professeur d'illustration, qui a su capter l'essentiel de Ciao Bella pour le transmettre à ses élèves de l'EDAIC, en particulier à Clémence Usannaz, créatrice illustratrice de la couverture. Son graphisme a donné une belle émotion au livre.

Note aux lecteurs et lectrices
Je prends toutes les critiques, les bonnes et les moins bonnes, car elles sont source d'échanges… Rendez-vous sur *facebook* ou par mail : melinda.gonnet@gmail.com. Et, si vous voulez en savoir plus sur moi, voilà le lien de mon blog :
https://ecritetlu.blogspot.com/

Bibliographie

De la même autrice
À la hauteur (2024)
Tous les matins, elle boitait (2021)
Dernière ambition (2020)

www.ingramcontent.com/pod-product-compliance
Lightning Source LLC
Chambersburg PA
CBHW021234130626
46554CB00004B/1484